Sylvie Germain

Die weinende Frau in den Straßen von Prag

Für meinen Bruder,
für meine Schwestern

Ich achte nicht auf die Wasseruhr,
längst messen wir das Jahr nach Tränen;
einen Engel zu beherbergen wäre schön,
doch unerträglich, Gast eines Engels zu sein.

Vladimír Holan

Prolog

1

Sie ist in das Buch gekommen. Sie ist in die Buchseiten gekommen wie ein Landstreicher in ein leerstehendes Haus, einen verlassenen Garten.

Auf einmal war sie da. Aber sie hat das Buch schon seit Jahren umkreist. Sie ist um das Buch herumgestrichen, das es noch gar nicht gab, hat in den ungeschriebenen Seiten geblättert, und an manchen Tagen geschah es, daß die weißen Seiten in Erwartung der Worte unmerklich knisterten.

Wo sie ging, schmeckte es nach Tinte.

Sie hat sich in das Buch eingeschlichen. Sie hat sich in die Seiten gestohlen, wie ein Traum den Schläfer besucht, in seinem Schlaf sich entfaltet, Bilder baut und in sein Blut, seinen Atem das feine Echo von Stimmen mischt.

Sie kommt überallhin, gleichgültig wo, sie geht, wohin sie will; durch Mauern, durch Bäume, durch Brükkenpfeiler. Keine Materie ist für sie undurchdringlich; nicht Stein, nicht Eisen, nicht Holz noch Stahl hemmen ihren Schritt und halten sie auf. Für sie ist alle Materie flüssig wie Wasser.

Sie geht ihren Weg, ohne je zurückzuweichen. Irgend etwas Dringliches scheint sie zu treiben, und ihr Orientierungssinn ist verblüffend. So verharrt sie etwa mitten auf einer verödeten Straße oder biegt ohne erkennbaren Grund ab. Dann hat sie ein Geräuch vernommen, das kein anderer hört. Den bedrängten Herzschlag jemandes, der unmäßig einsam oder gequält oder in Ängsten ist irgendwo in einer Stube, Küche oder in einer vorüberfahrenden Straßenbahn.

Oft ist der menschliche Herzschlag, bei dem sie aufhorcht und sich in Bewegung setzt, der eines längst erloschenen Herzens. Sie hat Umgang mit Toten wie mit Lebenden, ihr Ohr vernimmt den leisesten Hauch, das entfernteste Echo.

Seit je leuchtet, tausendmal getrocknet und wieder aufgefrischt, Tintenfarbe auf ihrer Spur.

Sie ist in das Buch eingebrochen. Immer macht sie es so, wie der Wind.

Ohne groß Obacht zu rufen, taucht sie an einem Ort und in einem Augenblick auf, da man sie nicht erwartet, nicht im mindesten an sie denkt. Dann reißt sie alle Aufmerksamkeit an sich. Sie geht vorüber, ohne sich um das Staunen zu kümmern, das sie hervorruft, um die Wirrnis, die sie verbreitet. Vielleicht weiß sie gar nicht, daß jemand sie sieht.

Sie geht, ohne sich jemals umzudrehen. Geht ihren Weg. Aber niemand kann sagen, wo ihr Weg hinführt, was sie in Bewegung setzt, was sie so treibt. Sie zieht umher wie ein streunender Hund, wie ein Landstreicher, wie welkes Laub, das der Wind aufweht.

Wind, Tintenwind erhebt sich, wo sie vorüberkommt, und bläst ihr hinterher.

Und das Buch, das ihr nachgeht, das nur auf ihrer Spur entstanden ist, folgt genauso dem Zufall.

Sylvie Germain

Die weinende Frau in den Straßen von Prag

Novelle

Aus dem Französischen
von Christel Gersch

Aufbau-Verlag

Titel der französischen Originalausgabe
La pleurante des rues de Prague

Mit Nachdichtungen tschechischer Verszitate
von Annemarie Bostroem, Waldemar Dege,
Christel Gersch, Karl-Heinz Jähn
und Paul Wiens

2

Was aber ist Zufall? Mal ist er Glück, mal Unglück, und mit ihm sind Wagnis, Zweifel, Gefahr und Abenteuer im Bund. Der Begriff Zufall ist so flüchtig und fließend, da heißt es wachsam sein.

Der Zufall, der über die Erscheinungen der seltsamen Vagabundin entscheidet und ihre mauerdurchdringenden Schritte lenkt, läßt sich nicht auf Mutwillen, noch weniger auf eine Laune begrenzen. In der Frau ist soviel Ernst, in der Weise, wie sie durch die Straßen zieht, soviel Geduld und Ausdauer und in ihren kurzen Erscheinungen eine solche Kraft.

Denn wo sie auftaucht, bricht sie ein ins Sichtbare, zwingt sich dem Sehen auf, nimmt alle Sinne gefangen und schlägt im Herzen Alarm.

Nur das Schreiben dieses Textes geht tastend vor sich, folgt schlingernd dem Abenteuer, weil ihm die Übersicht und verläßliche Anhaltspunkte fehlen. Wie anders sollte man aber eine Chronik der Wanderungen einer Unbekannten schreiben, die den Raum des Sichtbaren nur zeitweilig betritt?

Wind, Tintenwind bläst auf ihrer Spur, daß die Wörter sich biegen und schwanken; er entwurzelt Bilder, die im Gedächtnis vergraben lagen am Rand des Vergessens, und reißt im voraus Seiten aus dem Buch; es kann nichts Vollendetes daraus werden, nur ein Fragment.

3

Wer aber ist die Fremde?

Eine Vision, die selber Visionen trägt und sät.

Eine Vision, die mit ihren Erscheinungen geizt. Nur wenige Male hat sie sich gezeigt und immer nur kurz. Aber jedesmal war ihr Da-Sein Ereignis.

Eine Vision, gebunden an einen Ort, hervorgegangen aus den Steinen einer Stadt. Ihrer Stadt – Prag. Nie ist sie woanders erschienen, obgleich sie gewiß die Macht dazu hat.

Die Frau hat keinen Namen, kein Alter noch ein Gesicht. Die hat sie vielleicht, aber hält sie verborgen.

Ihre Gestalt ist majestätisch und beunruhigend. Sie ist unermeßlich, eine Riesin. Und sie humpelt stark. Ihr linkes Bein ist sehr viel kürzer als das rechte. Sie hebt die Füße mit Mühe, als wären sie sehr schwer, und setzt sie mit noch größerer Mühe, wie wenn die Berührung mit dem Boden sie verwundete.

Ihre Kleider sind einfach, geradezu grob in Gewebe und Form. Ihr massiger, unschöner Körper ist in Jute und Leinwand eher verpackt als gekleidet. Der Umhang, der ihre breiten Schultern umhüllt und ihr bis zu den Waden hinabreicht, sieht aus, als hätte sie ihn aus einem Stück Plane vom Geländer eines Baugerüstes gerissen.

So viele Baugerüste stehen vor den Fassaden, die Stutzen sind verrostet, und zu ihren Füßen wächst Gras. Manche Gassen sind ganz zugestellt mit dem Gestänge aus zerfressenem Metall und faulendem Holz. Da dringt kein Licht mehr ein; Dunkel liegt unter den Stegen, als wolle es immer dichter, immer fester werden. Vögel schlafen auf den Laufgängen, wo die Hälfte der Bretter fehlt, und zwischen den kaputten Steinen oder Mörtelbrocken, die von den Häuserfronten herabgefallen sind.

Das Kleid reicht ihr bis über die Fersen und ist aus braunem Wolltuch. Der Schatten in seinen Falten ist schwarzbraun. Aber das Gewebe ist so verschlissen, daß es jederzeit von selbst zerreißen kann. Ganz ausgefranst schleift der Saum übers Pflaster, saugt sich voll Staub und Schlamm.

Die Frau kümmert es nicht, wie sie herumgeht.

So sind Menschen, deren Herz zu wund und zu trostlos ist. Nichts kann die mehr kleiden, deren Herz in Nacht wohnt, deren Gedanken durch verödete Straßen treibt.

So unermeßlich und massig sie auch ist und so stark ihr Hinken, die Frau schreitet einher ohne Laut.

Stille sind ihre Schritte, aber ihr Körper ist Raunen.

Wind raunt in ihren Kleiderfalten, Tintengeflüster; oder sind es Tränen?

Chronik ihrer Erscheinungen

Erste Erscheinung

Wer hat den Hausflur betreten,
Die Seele hört wessen tastende Schritte,
Die einsame Ferne ahnt wessen Mitte,
Wer tritt ein, zu wem gebeten?

Ich sehe niemanden!
Bohuslav Reynek

Zum erstenmal erschien sie an einem Herbstabend in einer Gasse der Altstadt. Es nieselte. Der Modergeruch von Rost und faulem Holz, den die lange vergessenen Baugerüste vor den Häusern verströmten, mischte sich mit dem Geruch des Nebels.

In Prag hat der Nebel ab dem Herbstende und über den ganzen Winter hin einen Geruch und sogar eine Konsistenz. An manchen Abenden kann man ihn fast greifen, so dicht und ockern ist er. Der Rauch aus den Essen der Stadt macht den Nebel dick und färbt ihn, Braunkohlenstaub liegt mit beizigem und doch einschmeichelndem Geschmack in der Luft. Städte haben wie Körper ihren Geruch. Ihre Haut.

Die Riesin mit dem ungleichen Schritt humpelte durch die Gasse, das Licht war bläulichgrün. War sie aus einem der Haustore hinter den Baugerüsten getreten? Ihr Kopf in der vergrauten Leinenhülle reichte bis zur ersten Etage der Laufstege hinauf. Der weite dunkle Umhang klaffte um ihren Nacken. Sie trug den Kopf hoch.

So trägt sie ihn immer.

Es sah aus, als würde sie gleich an die schon ganz schief stehenden Stützbäume stoßen, worauf die Stege ruhten, und sie zum Einsturz bringen; sie schaukelte beim Gehen so stark, und ihre Schultern waren so mächtig. Aber sie streifte die dünnen Stutzen nicht einmal. Stets ist das Schlingern ihres riesigen Leibes voll Sanftheit.

Still strich sie durch den nebligen Dämmer. Im fahlen Laternenlicht veränderten sich die Farben ihres Gewands. Alles glomm grünlich, ein wenig wie Eis, wie in einem neonbeleuchteten Aquarium. Die hohen Mülltonnen aus Weißblech seitlich in der Gasse schimmerten silbrig.

Sie ging einige Meter vor mir. Ich folgte ihr, ohne meinen Schritt zu beschleunigen.

Es kam mir bei dieser ihrer ersten Erscheinung gar nicht in den Sinn, daß es eine Erscheinung wäre. Und als die Riesin ebenso unvermutet verschwand, wie sie aufgetaucht war, wurde mein Staunen auch nicht zu Verblüffung, wie im Angesicht eines Wunders. Es lag soviel Dunkel in den vielen Winkeln, so viele Türen bargen sich in den Fassaden, und die Luft war so diesig – die Riesin hätte sich meinem Blick leicht entziehen können, wäre sie aus der schmalen Lichtbahn, die flackernd in der Gassenmitte lag, nur beiseite getreten.

Nein, das Staunen war anderer Art. Es rührte aus dem Mysterium der Verzauberung her, nicht aus aufgeregter Neugier.

Dieses Staunen war eben erst aufgenommen, war noch nicht ins Bewußtsein gelangt. Es verweilte an der Schwelle eines entstehenden Traums.

Dies Staunen war eine dumpfe Erregung des Herzens.

Zweite Erscheinung

Hinter der Scheune liegt ausgebreitet
Nebel gleich einer Seelenwaage.

Alles wächst, wird nahes Raunen.
Engel schmieden Posaunen
in der wartenden Stille zum Jüngsten Tage.
Bohuslav Reynek

Beim zweitenmal sah ich sie nur halb. Wieder war es in einem Viertel der Altstadt. Der Nebel lag noch dichter als beim erstenmal. Aber es war noch nicht Abend, keine Laterne brannte. Doch war die fahle, graue Stunde schwerlich Tag zu nennen. Der Himmel hing so tief, daß er über die Dächer kroch. Nirgends ein Licht. Der Nebel hatte den Tag geschluckt.

Auf dem Kleinen Ring war das schmiedeeiserne Gitter um den Brunnen kaum zu erkennen, so als entspränge der Fontäne nur mehr diese bleiche Dunstflut, verbreitete sich in weiten Voluten ringsum, legte sich über die wenigen Passanten, löste ihre Konturen auf. Sie aber erkannte ich gleich an ihrer Größe und ihrem Hinken. Sie schlingerte sacht, ganz schwadenumhüllt. Sie ging davon.

Immer mutet sie an wie jemand, der davongeht, der weit weggeht und nie wiederkehrt, und doch tritt sie einem jedesmal, da sie erscheint, mitten ins Herz. Sie wandert mit Blick und Gedenken rückwärts.

Kaum wahrgenommen und erkannt, war sie verschwunden.

Wie hätte man dieses Mal auch erraten können, wer die Frau war? An dem opalenen Nebeltag wirkte jeder Passant gespenstisch; alle waren wie Schatten, die ihren Körper aus Fleisch und Blut verloren haben.

Auf dem Großen Ring, gleich nahebei, ragte verschwommen die steile Silhouette des Jan Hus von seinem bronzenen Scheiterhaufen. Der Rathausturm, die Zwillingstürme der Teynkirche, die Kuppel der Niklaskirche hatten sich aufgelöst. Der ganze Große Ring war abgeschliffen.

Manche Novembertage sind so – sie rauben alles Sichtbare.

Deshalb war nichts Besonderes daran, daß die Riesin derweise aufkreuzte und sich im Nebel verlor. Sie war wie alles andere auch in dem dichten Nachmittag zu Herbstende versunken.

Aber das Staunen, sie wiedergesehen zu haben, hatte bereits das Jagende der Erregung und bewirkte die gleiche dumpfe Unruhe im Herzen wie beim erstenmal.

Dritte Erscheinung

Auch wer ganz verlassen
von Menschen, Geistern, von
Tier und Dingen ist,
auch wer allein mit sich spricht,
spricht niemals nur für sich!
Vladimír Holan

Es war eines Morgens gegen Winterende, da erschien sie aufs neue. Kein Nebeltag diesmal. Der Himmel war ultramarinblau, die Luft klar und eisig. Es war im Viertel Žižkov, auf einer langen Straße unweit der Friedhöfe von Olšany. Gräuliche Schneewehen säumten die Gehsteige, und die Rinnsteine lagen voll braunem Schnee. Glitzernde Glatteisflecken brachen die Schwärze des Bodens.

Die Riesin schritt mitten auf dem Gehweg.

Sie humpelte lautlos wie an jenem Tag im vergangenen Herbst, als sie an einer Gassenbiegung in das wässrige Laternenlicht getreten war oder auch als sie sich auf dem nebelverhüllten Kleinen Ring gezeigt hatte. Ihr schwerfälliger Körper, der sich anscheinend mit solcher Mühsal fortbewegte, stieß indes nirgends an, Pflaster oder Asphalt hallten nicht wider unter ihrem Hinkeschritt. So massig und lahmend, ging sie geräuschlos wie eine Katze, verschwiegener noch als eine Katze sogar, denn ihre Schritte hinterließen in dem schmutzigen Schnee keinerlei Abdruck.

Kein Laut, keine Spur; und dennoch war, wenn

man genau aufmerkte, hinter ihr ganz leise etwas zu vernehmen, vielleicht ein Rascheln ihres langen Gewandes oder des wehenden Umhangs, oder sie murmelte immerfort bei sich unter ihrem Schleier.

Aber fast sogleich wurde man auch gewahr, daß es sich um etwas anderes handeln mußte, daß es mit der Reibung von Stoffen oder mit undeutlichem Gemurmel nichts zu tun hatte.

Es klang wie etwas Wäßriges – aber so fein, unendlich leise. So säuseln unterirdische Quellen, Wasser in tiefsten Gründen, in Dunkel und Kälte. Unsichtbare Wasser, die durch tausendjährige Felsen sickern und seltsamen Widerhall in der Unermeßlichkeit von Schweigen und Leere erwecken.

Es war ein ganz stilles Weinen, ein verhaltenes Schluchzen aus unendlichem Schmerz.

Welcher Schmerz weinte so in ihr?

Denn es schien, als ob in ihr etwas weinte und nicht, als vergösse sie selber Tränen. Vielleicht vergoß sie auch gar keine. Das Rieseln kam aus ihrem Körperinnern, als wäre das unhörbare Rauschen des Blutes in den Adern hörbar geworden. War es ihr Herzschlag? War es ein Zittern in ihrem Fleisch, ein Erschauern ihrer Haut? Aber was machte sie so leiden?

Während ich ihr immer näher kam, fast zum Berühren nah – denn ich war rascher ausgeschritten, um sie zu überholen und dabei einen Blick in ihr Gesicht zu werfen –, warnte mich eine jähe Intuition, so daß ich meiner Neugier entsagte: die Frau hatte gar kein ihr eigenes Gesicht, sie war nicht einmal ein einziges Wesen, ein Individuum – sie war eine Vielheit. Ihr Körper war der Ort, wo unzählige Seufzer, Tränen und Klagen anderer zusammenflossen.

Wer aber weinte so in ihr?

Denn nicht sie war es, nicht sie allein, die da so wimmerte und weinte. Es war die ganze Stadt, die Stadt und ihre Vorstädte und noch darüber hinaus. Es war das Land der Lebenden und der Toten.

Diese Frau mit dem Holpergang und der monumentalen Gestalt war nicht aus Fleisch und Blut – sie war aus Tränen, ganz nur aus Tränen. Sie war aus keinem Weib geboren, sondern aus dem Schmerz aller.

Die Wanderin in den alten, von Salpeter und Schlamm durchtränkten Kleidern war leibhaftig gewordener gemeinsamer Schmerz. Vielfacher Gram aus Trauer, aus Verlassenheit oder Verrat hatte dies körperlose und doch zuweilen sichtbare Wesen hervorgebracht.

Sie war das ärmste, hilfloseste Wesen überhaupt: nichts gehörte ihr, nicht einmal ihr Leib, nicht einmal ihre Tränen.

Und sie mußte wandern, wandern ohne Ende, bis an den Rand des Sichtbaren, viel mehr aber noch im Unsichtbaren.

Das war es, was eines Wintermorgens unter dem tiefblauen, mit blendendweißen Wolken gefiederten Himmel über Olšany sich mir enthüllte, als ich die Frau mit dem so unfaßlichen Aussehen beinahe eingeholt hatte und mich anschickte, an ihr vorüberzueilen, damit ich ihr endlich ins Gesicht sehen könnte: die

Frau war kein eigenständiges Geschöpf, kein Blut kreiste in ihrem unwirklichen Körper, sie war ein unvollendetes Wesen, unendliches Leiden und Weinen. Ein Wesen, endlos an der Grenze zum Leben und endlos an der Grenze zum Tod.

Aber dennoch war die Unwirkliche keine Halluzination; sie war die Ausgeburt einer mysteriösen Verdichtung der Tränen und des Elends von Männern und Frauen und Kindern auch, allen in den Netzen des Unglücks Verfangenen.

So erscheint nach dem Regen oder in dem feinen Gesprüh über einem Wasserfall ein Regenbogen: immaterielle, flüchtige Schönheit, geboren aus dem in Wassertropfen sich brechenden Licht.

So blühen aus Reif und Schnee Kristalle, zarte, zur Erde gefallene Sterne, die man nicht berühren darf, sonst schmelzen sie.

So flammen die großen Lichtkreise, manchmal fahlweiß, manchmal in lebhaften Farben, um Sonne und Mond; leuchtende Höfe, die sich aus Eisnebeln bilden, wenn das Sonnenlicht sie durchstrahlt.

So ist die Frau, körperlos und doch kurze Zeit sichtbar.

Aber ihre Sichtbarkeit ist nicht nur selten und kurzzeitig, sie ist, und weit mehr noch, unvollkommen und nicht ohne Gefahr. Nie kann, nie darf man der Frau ins Gesicht sehen. So wie man ohne Augenschirm keine Sonnenfinsternis betrachten darf, weil das Finsternis hieße für die Augen.

Der Weinenden offen ins Gesicht zu sehen hieße ewige Finsternis für das Herz. Denn wer könnte alle menschlichen Leiden unverhüllt sehen, ohne daß er daran stürbe?

So ist es uns gegeben, die Riesin mit den schwerfälligen Füßen stets nur halb zu schauen, ihr nachzufolgen für Augenblicke und mit Abstand. Nicht mehr.

Sie ist unnahbar, unansehbar.

Vierte Erscheinung

Bisweilen geschieht es, daß die menschliche Seele
stinkt wie ein nasses Hundefell.
Nicht deshalb lästere ich. Nur will ich, daß der Schmerz
wirklich Schmerz ist und eine Träne
eine Träne.

Jan Skácel

Es können Monate vergehen, da man sie nicht erblickt. Was aber bedeutet es schon, daß ihr Erscheinen nur selten und flüchtig ist und eines Tages sogar ganz ausbleiben wird. Sie ist gleichwohl da, in der Stadt, sie ist jeden Moment gegenwärtig, wenn auch unsichtbar. Sonne und Mond entziehen sich, wenn sie in Finsternis treten, dem Auge, aber sie rükken nicht von ihrem himmlischen Ort.

Manchmal geschieht es auch, daß ihre Anwesenheit sich jäh dem Gefühl mitteilt, nicht aber dem Sehen und Hören. Irgend etwas schwirrt dann dicht überm Bewußtsein, wovon die fünf Sinne nicht wissen. Es ist eine vage, ganz leise Beunruhigung, als gehe ein Hauch durch die Luft, weniger noch – und man weiß, sie ist da. Völlig unerwartet steigen aus der Gedächtnistiefe dann Erinnerungen, wie wenn Nixen im perlmutternen Licht des abnehmenden Mondes einen Ausflug auf die Erde unternähmen. Und so wie Nixen in violettem und lindgrünem Algengeflecht, schlammgefleckt, aschfarben die Schuppen, die Finger hahnenfußberingt, nahen sich auch die Erinnerungen auf sachtem, zitterndem Fuß.

Man weiß im Augenblick schwerlich, woher sie auf

einmal aufgestiegen sind, aus welchem See oder Strom oder Moor, aus welchem Gedächtniswinkel. Sie summen ganz leis mit Silberstimme – schmerzliches Echo von Stimmen, die längst verstummt sind. Und durch unser Aufmerken bald ermutigt, beginnen sie den Reigen und werfen aus ihren schönen, feuchten Augen verstohlene Blicke unter den Lidern hervor.

Ihre Blicke haben etwas Verwirrendes, denn so scheu sie sind, so beharrlich sind sie doch. Sie flehen, die aus tiefem Wasser und Morast, aus der Tiefe unseres vergeßlichen Gedächtnisses aufgestiegenen Blicke, um ein wenig Licht und Erkennen. Sie betteln um die Helle der Gegenwart, um einen noch so kurzen Empfang in Denken und Herz der Lebendigen, damit sie nicht auf ewig in Gleichgültigkeit, in Vergessen verfallen müssen. Sie kommen, sich an der Wärme der Lebendigen zu wärmen – aber mehr noch werden die Lebendigen durch sie erwärmt. Sie tragen uns ihre heimliche Wärme zu, Wärme aus Asche und Staub. Wärme von Tränen.

Denn manche Tränen, sie mögen vor noch so langer Zeit geflossen sein, hören nie auf, die Haut brennend zu überströmen. Die Haut des Herzens.

Denn manche Tränen, und mögen die Augen, die sie vergossen, sich längst geschlossen haben, fließen noch immer. Fließen bis über unsere Wangen.

Es sind diese Tränen der Ungetrösteten, die in dem riesigen, immateriellen Körper der Weinenden in den Straßen von Prag nicht aufhören zu rinnen, zu raunen, und die Ungetrösteten sind Lebende wie auch Tote.

Ohne Ende humpelt die Weinende zwischen den Welten, der sichtbaren und der unsichtbaren, zwischen Gegenwart und Vergangenheit, zwischen atmendem Fleisch und schweigendem Staub. Hin und her wandert sie zwischen der einen Welt und der anderen – heimliche Fährfrau von Tränen, Tränen derer, die entschwunden sind, wie derer, die leben.

So war es an jenem Tag in einer Kleinseitener Straße; ich kam an einem verfallenen Haus mit zerbrochenen Fensterscheiben vorüber, von der schwärzlichen Fassade war der Putz abgefallen, der Eingang lag durch Schutt und Balken versperrt; ich hörte ein leises Fauchen. Es war der Wind, der durch die Räume da drinnen strich, entlang der Wände, über die halb eingestürzten Fußböden. In seinen Wirbeln schlappten Tapetenfetzen, die von den Mauern herabhingen, und schlurrten alte Zeitungsseiten, die am Boden verstreut lagen. Ganz gedämpft pfiff der Wind und wehte sacht das Papier auf. Dem verurteilten Haus entrang sich ein letzter Seufzer, eine unterdrückte Klage.

Und mit einemmal bündelte sich das Flüstern und Klagen und wurde leibhaftig: es war der Atem eines Mannes, der längst gestorben ist. Eines Mannes, der sein Leben lang Hunderte Briefe geschrieben, der gemalt, gezeichnet und graviert und der Bücher geschrieben hat. Überwältigende Bücher, denn der Mann, der Spuren säte und ausgrub, war ein Seher.

Er war ein Mann, der nicht viel wog, sein Körper war schmächtig, riesig schauten seine Augen, sein Herz war gequält.

Er wurde durch eine Kugel in den Rücken getroffen,

am hellichten Tag; er fiel lautlos. Er war so leicht, so verwundbar. Und sanft wie sein Name. Bruno Schulz.

Er hatte ein Werk von magischer Schönheit, voll wuchernder Visionen, voll strudelnder Begierden, voll beschwörerischer Obsessionen geschaffen. Und dieses Werk war groß. Aber von all den Bildern und Worten ist nur wenig geblieben. Von seiner so umfänglichen Korrespondenz fand man nur ein paar Briefe da und dort. Die Briefe lagen in verlassenen, geplünderten Häusern. Die große Mehrheit ihrer Adressaten wurde erschlagen wie er. In Lagern, in Wäldern, in Ghettos. Viele der Briefe sind während des Warschauer Aufstands verbrannt.

Und plötzlich nahmen all die verschwundenen, verbrannten, verlorenen Briefe für einen Augenblick Atem und Stimme an. Die Briefe fingen an zu murmeln, als hätten die Stimmen dessen, der sie schrieb, und all derer, die sie lasen, sich dem Schweigen, dem Vergessen entrissen und sich nach einem halben Jahrhundert an diesem Ort, in diesem Prager Viertel zusammengefunden.

Vielleicht ist unsere Welt voll von Stimmen, von Atem und Tintengeflüster und dem Hall von Schritten – unhörbares Raunen, das uns erreicht, ohne daß wir es wissen, ohne daß wir es wahrnehmen. Und dieses Raunen ist so leicht, daß es überall durch die Luft weht, im Wind treibt, über Ebenen, Flüsse, Wälder, Städte und Berge hinzieht. Es vermischt sich mit dem Regen, dem Sonnenstaub, mit dem Schnee, dem feinen Nieseln. Es ist überall in der Luft. Aber wie der Staub, der in der Luft wirbelt und den man nur dank eines dünnen Lichtstrahls sehen kann, wird dieses

Raunen nur dank eines gebrechlichen Augenblicks Stille inmitten des Lärms, der uns allzeit umgibt, vage und kurz vernehmlich.

Das aber geschah an jenem Tag. Es reichte, daß ein kleiner Wind durch die leere Stube eines verfallenen Hauses strich, und mit einemmal wisperten die toten Stimmen, als wären sie ein Haufen Herbstlaub, und der Augenblick weitete sich und wurde dadurch gesprengt, daß er Augenblicke der Vergangenheit sich zu einer Erscheinung dicht an der Grenze zur Gegenwart zusammenfinden ließ. Stimmen, die seit einem halben Jahrhundert tot waren, verlorene Worte, die an verschiedenen Orten des kriegführenden Europa verbrannt waren, fingen an einer Stelle, die ihnen doch nicht bestimmt war, zu flüstern an.

Und das hatte die Riesin mit dem Hinkefuß gemacht, die Weinende in den Straßen von Prag; sie hatte die alten Stimmen, die vernichteten Worte wiederbelebt. Obgleich sie sich an jenem Tag nicht blikken ließ, wurde ihr Da-Sein offenbar. Sie mußte eben durch die Mauer des öden Hauses getreten sein, als ich davor anlangte, und dank ihrer Unsichtbarkeit hatte der Wind gesprochen. Mit der Stimme von Bruno Schulz, dem so sehr liebenden Sohn, daß er neben dem Sterbebett seines Vaters sich ein halbes Jahr niederlegte und, als der Vater schließlich gestorben war, sogleich von Stadt zu Stadt, von Zug zu Zug irrte, zehn Jahre lang.

Mit der Stimme von Bruno Schulz, dem kleinen Mann mit den so empfindlichen Nerven, daß sie sich manchmal wie riesige Spinnweben durch das Atelier spannten, wo er lehrte, vom Fußboden bis zur Decke hinauf, und das Geschrei der Kinder ließ diese wuchernden, bloßliegenden Nerven erzittern vor Zorn und Leiden.

Der Stimme von Bruno Schulz, der die Adressaten seiner Briefe unentwegt um Rat und Hilfe, um ein wenig Anerkennung, um Ermutigung anflehte.

Der Stimme von Bruno Schulz, halb Oger, halb Daumesdick, dessen Augen das Sichtbare verschlangen, Fleisch und Herrlichkeit des Sichtbaren – den Wunderglanz der Frauen mit den göttlichen Füßen. Und dessen Augen genausosehr verschlungen wurden von phantastischen Visionen.

Der klagenden Stimme von Bruno Schulz, den schon der Anblick eines hohen, einen kleinen Hof überragenden Fabrikschornsteins in Schrecken versetzte.

Der dem sanften Bruno Schulz geraubten Stimme. Eine Kugel traf ihn in den Rücken, weil er auf die Straße gegangen war, ohne den gelben Stern zu tragen. Aber er trug, heißt es, an dem Tag einen Laib Brot unterm Arm.

Es war die Zeit, als gewisse Leute anderen Leuten befohlen hatten, einen Stern zu tragen, nur einen Stern, sonst nichts, nicht einmal den eigenen Namen. Es war die Zeit, als die Menschenseele stank wie ein nasser, lausiger Köter. Aber diese Zeit ist nicht vorbei, sie hat nicht aufgehört, nie.

Er trug einen Laib Brot, und er ging durch die Gassen von Drohobycz, seiner Stadt – seiner Heimatstadt, dem magischen Ort seiner Kindheit, der ihm bald Gewächshaus voll üppig wuchernder Blumen, Paradiesfrüchte und wilder Gräser war, bald biblische

Wüste, wo die Gestalt des Vaters, Patriarch in allen Metamorphosen, flammte. Drohobycz, eine Provinzstadt, ein ganzer Kosmos, Handlungsort einer verzauberten Kindheit, weitläufiges, rötliches Labyrinth von Begierden, Ängsten, Träumen, und schließlich das Ghetto, wo ihn der Tod erwartete.

Immer noch kullert der Brotlaib, der mit dem Mann, der ihn trug, gefallen ist, durch die Gassen von Drohobycz. Er wird kullern in Staub und Blut bis ans Ende der Welt.

Und die Weinende, deren Herz allen Winden offensteht, allen menschlichen Klagen und Tränen, die ihr die Winde zutragen von überallher, nimmt – nicht den Brotlaib, aber den Geschmack des Brotes nach Staub und Blut in sich auf.

Der Wind pfiff durch das verödete Haus, und er schmeckte nach vertrockneter Tinte, altem Papier und blutdurchtränktem Brot. Beigeschmack von Millionen und Aber Millionen zu Boden gestürzter Sterne, denen das Licht ausgetrampelt wurde; oder Beigeschmack von Seelen, so widerwärtig wie drekkige Köter?

Denn hinter ihrem großen Gebaren stinkt die Geschichte. Man soll es riechen, und es muß gesagt werden, damit man weiß, wie sehr das Leiden der Opfer schmerzt, und nicht vergißt, wie ungeheuer schwer eine Träne wiegt.

Fünfte Erscheinung

Ins Dunkel der Stadt kommt die Nacht
wie auf ewig.
Zittern siehst du an den Fassaden den Flor
des Grams.

Jiří Karásek ze Lvovic

Es war ein Abend im Mai. Der Flieder blühte. Lange rosige Bänder kräuselten den Himmel über dem Petřín; die Luft war mild und voller Düfte, die Leute gingen mit ungewohnter Leichtigkeit – den Frauen lag ein Niederschlag von Licht auf den Lidern, in ihren Mundwinkeln war ein Wunsch zu lächeln. Die Leute gingen ohne Hast. Auf den Straßen, in den Gärten sah man noch Kinder Ball spielen.

Auf einer Straße im Viertel Výtoň spielten drei Jungen mit alten Tennisbällen, sie warfen sie mit bloßen Händen gegen eine Hausmauer. Die Bälle flogen sehr hoch, trafen mit mattem Laut auf die schwärzlich verputzte Hauswand, fielen herab, die Jungen sprangen herzu, fingen die Bälle im Flug auf und schleuderten sie wieder hoch. Sie sahen dabei aus, als verrichteten sie eher eine gewichtige Aufgabe, anstatt zu spielen, soviel Spannung war in ihren Bewegungen, soviel Ernst in ihrem Blick. Sie rannten und sprangen, als ginge es um ihr Leben, ihre Freiheit, wenn sie den behenden Schwung der Bälle nicht endlos erneuerten. Es ging in dem Augenblick um ihre Kindheit.

Die auf und nieder sausenden Bälle verwandelten sich in den Händen der Jungen; die kleinen, grauweißen Gummikugeln wurden zu wirklichen Globen –

Miniaturplaneten im Kampf mit der Schwerkraft, im Rausch der Bewegung, des Flugs und der Höhe. Winzige Planeten, um die reine Kinderwünsche kreisten.

Es waren die Herzen der Jungen mit den zugleich vor Freude und Ernsthaftigkeit, vor Traum und Wachheit funkelnden Augen, die da so sprangen.

Ein Maiabend im Viertel Výtoň. Vor der Kneipe an einer Straßenecke diskutierten Biertrinker und lachten laut. Großsprecher, die aus ihren mächtigen Krügen die Lust zu schwafeln und zu fabeln schöpften. In ihre Stimmen mischten sich die Schreie der Möwen und Enten, die sich auf und über dem nahen Strom tummelten, und das Schrillen der Straßenbahnen, die längs der Ufer hin und her fuhren. Leute, die ihre Hunde ausführten, blieben stehen, schwatzten miteinander oder mit anderen Anwohnern, die in Pantoffeln heruntergekommen waren, aus der Kneipe Bier zu holen, das sie in dicken Tonkrügen davontrugen. Menschen wie Hunde genossen es, die Abendluft zu schnuppern, die Zeit in gemächliche Augenblicke zu zerlegen.

Nicht weit entfernt, unterhalb der Wälle des Klosters Na Slovanech, erschien auf einem kleinen Hügel, wo weißer und lila Flieder blühte, die Riesin.

Sie hielt sich zwischen Bäumen und Büschen versteckt. Ihr Gesicht war nicht zu erkennen, es verbarg sich hinter weißen Fliederdolden. Nur die Umrisse ihrer Gestalt waren zu sehen. Fast war sie eins mit dem violetten Schatten des Buschwerks.

Sie stand sehr aufrecht und unbeweglich, mit einer Hand gegen einen Stamm gelehnt.

Alles Sichtbare ballte sich um sie, die Geräusche des Viertels und des Flusses verhallten. Und der in der Dämmerung so süße, betörende Fliedergeruch vermischte sich auf einmal mit dem unmerklichen und gleichwohl noch stärker betörenden Geruch, den die Riesin verströmte. Die Gestalt aus Tränen und Gedenken.

Und die Brise, die sacht die blütenschweren Zweige wiegte, fing leis, ganz leise, die Worte eines Gedichts zu murmeln an, das einst ein Kind geschrieben hatte.

Das Gärtchen steht
voll Rosen und duftet,
schmal ist der Weg,
auf ihm spaziert ein kleiner Junge.

Der Junge ist so klein, so zart,
eine Knospe, die eben aufbrechen will.
Wenn die Knospe aufgegangen ist,
wird der Junge schon nicht mehr sein.

Leis, ganz leise murmelte die Brise die von einem Kind geschriebenen Worte. Von einem kleinen Jungen in Theresienstadt, der so lange schon nicht mehr lebte. Einem kleinen Jungen, der nie zum Mann heranwachsen durfte, den man der Asche und dem Wind, der Grube und dem Vergessen überliefert hat.

Und die Brise murmelte dieses Vergessen. Und wiegte es.

Die Gestalt der Riesin hatte sich aufgelöst im Schatten, im Fliederduft des lauen Abends. Die Gestalt der

Riesin war erloschen, in der Brise aufgegangen, sie war zur Brise geworden.

Der Leib der Riesin schwebte in der Abendluft. Die Stimme des so lange schon verstummten Kindes, liebliche Rosenknospe, nah am Erblühen, irrte durch die Straßen. Stimme auf ewig nahe vorm Sterben. Stimme, die Trost erfleht.

Das Gärtchen steht
voll Rosen und duftet,
schmal ist der Weg...

Der kleine Junge hieß Franta Bass. Und noch ein Kind, dessen Namen niemand kennt, hat im Lager Theresienstadt mit seinen ganz einfachen Worten die Schönheit der Erde und der Blüten gepriesen, die ihm versagte Schönheit.

Wie prächtig die alten knorrigen Bäume
in junger, aufbrechender Blüte stehn!
Ich fürchte mich, in ihre Kronen,
über die grüne Schönheit hinauszusehn.

So schön war dieser Maiabend, lind und duftend, aber in ihm zitterte ein lange versunkenes Leid und machte, daß die Lider sich senkten vor Scham. Der Flieder blühte zum Gedenken an die toten Kinder, an die Augen all der Kinder von Theresienstadt, die auf der Schwelle zur Schönheit dieser Welt geschlossen wurden.

Sechste Erscheinung

Mein Körper gleicht einem Nachen.
Ich treibe in diesem Ozean
Wie gefangen im Sturm,
Schon bricht mein Schiff,
Ach, oft rufen dich meine Tränen!
Bedřich Bridel

Wenn ein Sommertag sich neigt, kann es geschehen, daß der Himmel sich plötzlich bezieht, ins Schieferblau spielt, ins Stahlgrau, und das Licht seltsam grell wird. Der Himmel wird erdrückend, das Licht scharf, die Vögel fliegen tief. Ein Gewitter naht. Man hört Donnerrollen. Aber kein Regen fällt. Sturm kündigt sich an, droht, belagert die Stadt, läßt sein Grollen und Knistern gewaltig hallen, aber er bricht nicht los. Und der Wind bläst, daß sich die Bäume biegen.

Nichts passiert. Nichts, nur daß dies blendende Schieferblau am Himmel hängt. Nichts, nur daß die geängstigten Vögel sich nicht mehr in die Höhe wagen. Nichts, nur daß der Wind tost und peitscht. Nichts, nur unbestimmte, bange Erwartung.

Es war an einem solchen Tag. Ich überquerte die Chorvatská-Straße in Vinohrady, als ich die Riesin erblickte; sie befand sich auf halber Höhe der abschüssigen Straße. Das Viertel Vršovice unten lag versunken in Düsternis.

Sie schritt trotz ihres Hinkefußes munter aus. Ihr großer Körper fiel in regelmäßigem Geschaukel tief nach links und schwang sich wieder nach rechts auf.

Ganz klar zeichnete sich die hohe Gestalt gegen den Gewitterhimmel, an dem sich ein blaßblauer Spalt aufgetan hatte. Ihre langen Hadern klatschten im Wind, der Papierfetzen übers Pflaster fegte.

Aber etwas daran war verwirrend; man konnte unmöglich erkennen, ob die Riesin vorwärts ging oder sich entfernte, ob sie die Straße heraufkam oder hinunterging, alle noch so scharfe Beobachtung half nichts.

Vielleicht kämpfte sie nur gegen den Wind.

Kein Raunen ging von ihr aus. Der Wind war zu stark und tosend, er brach alle Geräusche.

Sie ging und ging. Sie ging gleichzeitig in zwei entgegengesetzte Richtungen. Und die Zeit beugte sich ihrem Schritt.

Mit einemmal wurde die Zeit zu der abschüssigen Straße. Die Zeit wurde zu der Straße, die nach dem Stadtviertel hinabführte, über dem das Gewitter hing. Die Zeit wurde zu der Straße, die sich wie ein Gauklerseil über einen Abgrund spannte. Die Vergangenheit nahte in großer Schnelle – aber so schnell, daß es ebensogut die Zukunft sein konnte.

Es gibt keine abstrakte Zeit; die Zeit ist immer die Zeit eines Wesens, das sie erlebt und empfindet, die Zeit der Geschichte eines Lebenden. Und in diesem geborstenen blauschwarzen Augenblick offenbarte sie sich als die Zeit eines Mannes, der tausend Kilometer entfernt, von Krankheit geschlagen, zu Bett lag. Ein Mann, der an Lunge und Knochen angegriffen war.

Alles Leiden dieses Mannes brach in die Straße ein, strahlte zurück auf den metallisch glänzenden Himmel und heulte mit dem Wind. Der ganze stumme Kampf des Bettlägerigen, zwischen zwei Laken Gefesselten, sein Kampf mit dem Tod brach ein in die leere Straße. Der Blick des Mannes, sein sanfter, geduldiger Blick, erhob sich aus der Straße. Alle Pflastersteine wurden zu seinen Augen und schauten in die Unendlichkeit des in düsterer Bläue leuchtenden Himmels. Und sein Gesicht, dies Gesicht, worin nie Häßlichkeit noch Zorn, nicht Haß noch Lüge waren, trat jäh aus den Kleiderfalten der hinkenden Riesin hervor.

Es löste sich aus den dunklen Falten der im Sturm schlagenden Kleider und flog auf, schwirrte wie ein Hirschkäfer durch die Luft. Seine weit offenen Augen blickten traurig und voller Liebe.

Die Augen meines Vaters, nußbraun.

Die Augen meines Vaters, die seit Monaten nur mehr ein Geviert Himmel sahen; ein Himmelsgeviert, so groß wie das Fenster gegenüber seinem Bett. Ein Himmelsgeviert von Auteuil in Paris.

Die Riesin verschwand, davongetragen vom Wind, von dem azurenen Streifen am Horizont verschluckt oder aufgegangen in diesem Gesicht, das ihren Kleiderfalten entsprungen war.

Das Gesicht meines Vaters verschwamm, verlor sich jenseits der Dächer im Schweigen.

Das Gewitter zog ab, sein Grollen wurde schwächer, sein Getöse verstummte. Nichts war geschehen. Nichts, nur ein kurzes Innehalten der Zeit, die flüchtige Vergegenständlichung der Zeit im Gesicht eines Mannes, der doch weit entfernt ans Bett gefesselt lag, in Paris, im Viertel Auteuil.

Und jetzt, da der Mann nicht mehr ist, da die Zeit ihn besiegt hat, jetzt, da mein Vater nicht mehr im Krankenbett liegt, sondern in der Erde, jetzt, da sein Leib in Dunkel und Kälte zerfällt und sein Gesicht zu Staub wird, bleibt ein Bild, das Bild seines Gesichts, bleibt das Echo seines Atems, seiner Stimme, seiner Schritte.

Sein Blick wird nicht aufhören, aus allen Himmeln zu schauen. Tagtraum oder nächtlicher Traum, plötzlich ist er da, ganz verwundert, nicht mehr von dieser Welt zu sein.

Alles bleibt in den Kleiderfalten der immateriellen Riesin, in den Tränen der unsichtbaren Weinenden zurück. Denn wo immer auf ihrem Weg sie diese oder jene Vision eines Gesichts, dieses oder jenes Echo einer Stimme sät, wirft sie ja keines davon weg, um die Erinnerung daran endlich loszusein, vielmehr belebt sie diese Erinnerung neu, gibt ihr die Farben der Gegenwart – auf daß sie wie das Herz eines Neugeborenen pulsiere. Und wenn sie, kaum daß sie erschienen ist, entschwindet und auch die Vision oder das Echo, die sie erweckt hat, gleich wieder verschwimmen, läßt sie doch die für Augenblicke belebte Erinnerung nicht im Stich. Sie nimmt sie wieder an sich, birgt sie aufs neue in ihren Kleiderfalten und wiegt sie mit noch größerer Liebe in ihrem schaukelnden Schritt.

Auf ihrer langen Pilgerfahrt durch die Straßen der Stadt, durch die Schichten der Zeit.

Siebente Erscheinung

Die Träne an deinen Wimpern bricht
den Fluch über den Dächern,
alles, was mir auf dem Herzen lastet:
Für euch aber ersehnte ich den Gesang.
Jaroslav Seifert

So ist sie, die Riesin mit dem Hinkefuß, die Weinende in den Straßen von Prag: sie trägt in den Falten ihrer erd- und mauerfarbenen Lumpen Tausende und Aber Tausende Namen, Gesichter und Stimmen.

So viele Namen hält sie in ihrem fadenscheinigen Gewand geborgen, daß sie ein ganzes Volk bilden könnten. Wie die Namen, die auf Gedenktafeln stehen.

Sie birgt den Klang jeder Stimme – all der Stimmen, die zur Dämmerzeit in ihren Falten raunen und für Momente eine um die andere entweichen wie Bienen aus ihrem Korb, um ins Tageslicht auszuschwärmen.

Und sie kennt bis ins kleinste die Gesichter all der Wesen, gibt jeder Stimme ihr Gesicht und jedem Namen das seine. Und sät sie aus, wo sie vorüberkommt, Körner aus Licht, flüchtiges Leuchten. Denn jede Stoffbahn, die ihren riesigen, immateriellen Leib umhüllt, ist auch ein Schweißtuch.

Und doch ist sie kein Gespenst, kein Überbleibsel alter Zeiten. Auch eine Prophetin ist sie nicht. Sie verkündigt nichts.

Sie ist die Haut der Zeit; der Zeit, die vergeht und entgleitet und schwindet und unablässig vorwärtsschreitet in den hellen Tag und unablässig verlischt im Schatten, in Nebel, die in Nacht versinkt und mit dem Tag wieder aufersteht. Sie ist der mysteriöse Schauer, der die Haut der Zeit überläuft und kräuselt. Ein Schauer aus Erschöpfung, aus Ergriffenheit, aus Liebe oder Schmerz. Aber niemals aus Zorn.

Nein, niemals war, wenn sie erschien, in ihr oder um sie der mindeste Zorn.

Sie ist die Haut der Zeit, die zarte, verletzliche Haut an Gesicht und Leib der Sterblichen. Die Haut des Menschenherzens.

Sie ist der unendlich süße Schauer des Mitleidens, der diese Haut, so groß wie die Welt und so weit wie die Geschichte, überläuft.

Vielleicht ist sie das ferne Echo der göttlichen Barmherzigkeit, dieser unermeßlichen und unaufhörlichen Barmherzigkeit, und irrt durch die Welt, flehend, man möge sie annehmen und ihr Klagen hören. Der bettelnden Barmherzigkeit, die lahm von all den immer wiederkehrenden Kriegen und Verbrechen und all dem vergossenen Blut durch die Geschichte hinkt. Aber sie wird überall verscheucht; überall können sie weiter nichts, als nur die Last des Dunkels und des Blutes und der Tränen in dem zerlumpten Kleid der Riesin zu vermehren.

Und dennoch läßt sie niemals ab, einen jeden, alle immer aufs neue anzurufen.

Eines Abends erschien sie, wie sie sich noch nie gezeigt hatte. Sie saß am Hang des Vyšehrad. Ihre Gestalt war nicht mehr nur die einer Riesin, sondern eines gewaltigen Kolosses. Seltsamer Koloß, durchsichtig und, wie es schien, ohne Kraft. Ihr Körper hatte die Durchsichtigkeit von Glas oder von Lavastein. Die Lichter und Schatten des Abends fielen durch sie hindurch.

Sie saß, die Hände auf den schweren, gespreizten Knien wie eine Bäuerin, die bei Einfall des Abends einen Moment Ruhe schöpft an einem Feldrain. Zu ihren Füßen erstreckte sich die Stadt, die ihre Lichter entzündete.

Sie thronte regungslos, in demütiger Majestät. Plötzlich aber beugte sie sich leicht nach vorn, breitete die Arme und streckte sie der Stadt entgegen, als lade sie die ganze Stadt ein, zu kommen und in ihrem Schoß zu schlafen, in ihren Armen auszuruhen.

Und ganz behutsam hob sie die Stadt auf. Sie hob sie auf wie eine Mutter ihr Kind und bettete sie in ihren Schoß, sie zu wiegen. Und die eintönigen Lautsprecher des Bahnhofs Smíchov auf der anderen Flußseite, die die Abfahrt und Ankunft der Züge ausriefen, begannen ein Wiegenlied zu summen. Die Bahnhofslautsprecher verbreiteten im Abend, was leise die Riesin sang. Und für einen Augenblick wurde der Lärm der Stadt leicht wie der Atem eines schlafenden Kindes, und der Strom, der in den Armen der Riesin floß, nahm den Schimmer einer Träne an den Wimpern eines ganz kleinen Kindes an, das nach großem Kummer getröstet und beruhigt ist. Schwäne und Enten sammelten sich längs der Ufer und steckten die Köpfe unter die Flügel. Und die Spiegelbilder der Brücken im Wasser hellten sich bis ins Weißliche, das Schrillen der Straßenbahnen wurde silbriges Klingeln, das von den ersten Sternen zu kommen schien.

Einen Augenblick, nur einen Augenblick wurde die ganze Stadt im Schoß der Riesin gewiegt, in ihren Armen geborgen und liebkost durch den Gesang, der aus ihrem Leib, ihrem Innern aus Erde und Wurzeln, ihrem Herzen stieg, das von Tränen summte, die schmeckten wie Milch.

Einen Augenblick, einen wunderbaren Augenblick lang wurde die Stadt erleichtert um ihr Jahrhundert aus Blei und Dreck und Blut und kehrte ein in den schönen Traum ihres Ursprungs; sie entsann sich des sagenhaften Tages, da die Fürstin Libuše ihren künftigen Glanz und Ruhm prophezeit hatte.

Versank sie in dem Felsen, oder entwich sie nach Podolí hin? Auf einmal war die Riesin fort. Die Stadt war an ihren Grund zurückgekehrt, zu ihrem Alltag, ihren Geräuschen und zwinkernden Lichtern.

Vielleicht war die Riesin in dem Zug, der eben mit lautem Rollen die Eisenbrücke überquerte und den Strom mit blassen Lichtgevierten überzog. Die Lautsprecher vom Bahnhof Smíchov kündigten die Ankunft des Zuges nach Plzeň, Stříbro, Mariánské-Lázně und Cheb an.

Die Stadt war in ihre mürrische Gegenwart, ihre Rauhheit zurückgekehrt. Die Stadt, deren Herrlichkeit und Ruhm man so oft und so lange verdüstert hatte, der man seit Jahrzehnten ihre Freiheit und ihren Stolz raubte, fiel zurück in ihre Starre.

Aber zwei Jahre später schüttelte die Stadt ihre

allzu lange, bittere Starre ab, und dieses jähe Erwachen, das zum völligen Umsturz werden sollte, wurde dort oben auf dem Vyšehrad geboren. So als wäre der einstige Stolz der Fürstin Libuše auf ihre Stadt mit einemmal glühend wiedererwacht.

Achte Erscheinung

Nicht nur wir leiden so,
das bedenke.
Denk an all die Ruinen
zerstörter Familien, all die Feuer,
die verlöschen.
Unziemlich wäre ein
zu großes Glück,
da Gott leidet und man
des Menschen Antlitz derart
beschmutzt hat.

Jan Zahradníček

Nicht nur auf Straßen, bei Wind und Nebel, bei besonderem Licht und Schnee zeigt sie sich. Nicht nur zwischen alten, verödeten Häusern, in Fliederbüschen oder an einer Hügelflanke tritt sie unversehens in Erscheinung. Es geschieht auch in Räumen – in Zimmern, in Läden, in Cafés.

Es war in einem gemieteten Zimmer mit Blumentapete. Die Tapete war alt, fahl geworden, ziemlich schmutzig und an manchen Stellen abgerissen. Das Rot und Orange der aufgedruckten Rosen war gedunkelt, und der Untergrund, der einmal helles Strohgelb gewesen sein mußte, war vergraut. Diese trüben Rosen, alle die gleichen und in regelmäßigem Abstand voneinander, bildeten einen eintönigen vertikalen Garten, der die wenigen dunklen Holzmöbel eng umschloß.

Trübseliger Garten zu Herbstende, wenn die Blumen ihre Pracht verloren haben und sich anschicken zu sterben. Rosen ohne Anmut und Reiz, mit sehr fade gewordenem Geruch. Und in ihrer Nichtigkeit vervielfachten sie alle nur den Eindruck von Leere, Anonymität und tiefer Ödnis. Ödnis, tief wie das Vergessen.

Ich saß am Tisch dieses gemieteten Zimmers und las. Eine Metallampe, in unbestimmtem Weiß wie etwa Eierschalen lackiert, warf ein Lichtoval auf das Buch, und die um das Buch stehenden Dinge streiften das Tischtuch mit schrägen Schatten.

Auf einmal wurde ich von meiner Lektüre abgelenkt. Sie war da, hinter dem Tisch, ohne jede Bewegung und unsichtbar, aber so spürbar gegenwärtig, daß ihr Da-Sein keinen Zweifel zuließ. Und es war auch nicht nötig, nach irgendeinem sichtbaren Zeichen ihrer Anwesenheit zu suchen, den Raum rings zu durchforschen. Sie war viel zu nahe, um sich zeigen zu können; näher, als sie es jemals war.

Sie war da, so ganz und so seltsam da in ihrer hohen Majestät, ihrem Bettlertum, ihrem Schweigen, darin ein anhaltendes, ganz feines Rieseln von Tränen war, in ihrer unendlichen Milde, die Weinende. Sie war da, ganz und gar unsichtbar und ganz und gar gegenwärtig, die immaterielle Riesin mit dem bloßliegenden, erbarmungsvollen Herzen.

Wie jedesmal, wenn sie aufgetaucht war, blieb sie nur einen Augenblick. Aber wie jedesmal genügte der, Zeit und Ort umzustürzen, den ganzen Raum des Sichtbaren ringsum zu verwandeln und die Gedanken abzulenken von ihrem Gang, damit die Aufmerksamkeit sich dem Erinnern widme. Damit das Herz unruhig werde und das Gedächtnis erbebe wie jemand, der friert, Hunger und Angst hat – jemand aus Fleisch und Blut und Nerven, der plötzlich in unserem eigenen Körper erwacht. Der Körper der anderen, Körper des anderen, zugleich fremd und so nah.

Sie war schon wieder fort. Ihr Da-Sein hatte nicht länger gewährt als eine kleine Welle, die sich aus der dunklen Masse des Meeres löst und über den Sand leckt. Kaum hat sie ihren frieselnden Schaum entbreitet, ruft das Meer sie zurück, und von der erloschenen kleinen Welle bleibt nur eine flüchtige Spur im Sand.

So macht es die Riesin. Und wieder war die Spur, die sie an jenem Tag zurückließ, die eines Gesichts. Über die Wand, dem Tisch gegenüber, huschte ein Widerschein. Ein Kindergesicht leuchtete auf zwischen den Rosen aus schmutzigem Papier, zwischen den Niemandsrosen. Den fahlen Rosen des Vergessens.

Es war das Gesicht eines Mädelchens mit zu großen, zu dunklen Augen für sein bleiches, erschöpftes Gesicht. Augen mit vor Kälte, vor Hunger schweren Lidern, mit irrendem Blick. Und auch der Mund war zu groß mit den halbgeöffneten Lippen – vor Hunger, vor Schweigen, vor Gram. Sein Gesicht schien nicht lächeln zu können, sein Mund hatte vielleicht niemals gelächelt. Sein halboffener Mund mit dem Ausdruck fast des Stumpfsinns.

Des Stumpfsinns gegenüber der Welt, zu der es keinen Zugang hatte. Denn dieses Kind war so arm, daß es nicht einmal Schuhe besaß, um auf die Straße spielen zu gehen, draußen unterm Himmel in der Tageshelle zu sein. Und der Winter war so lang in seinem

Dorf, die Kälte so groß in dem Keller ohne Heizung, wo es lebte, daß es im Bett bleiben mußte, solange die Winterstrenge anhielt.

Der Vater hatte für sein Kind mit den nackten Füßen ein paar Blumen an die Mauer hinter dem Bett gemalt, das ihm das Elend als Lager zuwies. Der Vater hatte kein Geld, sein Kind zu kleiden, ihm Schuhe zu geben, nicht einmal Milch zu kaufen. Nichts.

Das Gesicht dieses kleinen Mädchens, dem die Kindheit, das Tageslicht und die Lebensfreude gestohlen wurden und das in einem Bett mit schmutzigem Zeug in tiefer, eisiger Kammer gestrandet war, ist durch Roman Vischniac dem Vergessen entrissen worden. Der vor Elend stumpfe Kinderblick überdauert die Zeit auf einem Foto. Und macht ihn für immer zur heillosen Schande in der Geschichte der Menschheit. Einer unheilbaren Schande und einem unheilbaren Schmerz unter Millionen und Aber Millionen andern. Aber jede Wunde ist einmalig, und eine jede liegt bloß im Fleisch der Geschichte.

Das kleine Mädchen wurde getötet wie so viele der Ihren. Sie hieß Sarah. Sie hat von der Welt nichts anderes gekannt als das storre Bettzeug, worin ihr kränklicher Körper schlotterte, und ein paar gemalte Blumen am Rauhputz der Mauer ihrer unterirdischen Höhle.

Aber haben diese Blumen, diese Vorstellungen von Blumen und unerreichbarem Frühling, diese Keller- und Hungerblumen denn weniger Realität als die blühenden in Gärten und auf Bäumen? Denn diese Blumen sind alles andere als Vortäuschungen und Sinnesbetrug, der Wirkliches verfälscht, sie sind überaus wirklich. Da sie erblüht sind unter der Hand eines Vaters, der seinem Kind sonst nichts geben konnte, unter der Hand eines Menschen, den andere Menschen ins Elend stießen, unter der Hand eines Lebenden, den die Geschichte, wieder einmal der Versuchung des Bösen erlegen, dem Tod inmitten allgemeiner Gleichgültigkeit überliefert hat.

Diese im Kellerdunkel über dem Bett eines Kindes gemalten Blumen, diese zwei weißen Blumen, die wie ein Heiligenschein über dem Kopf eines verhungernden kleinen Mädchens schweben, sind von schärferer, eindringlicherer Realität als die schönsten Blumen, die im Angesicht des Himmels aus der Erde sprießen.

Denn diese Blumen, Armutsblumen, Elendsblumen, aufgebrochen aus Kälte, Stein und Hunger, diese nebelhaften Kellerrosen sind erblüht aus der Geschichte, im Schlagschatten von Krieg und Haß, und stehen nun der Menschheit ins Gesicht gezeichnet, verströmen ihren Geruch von Kälte, Blut und Tränen in den Falten ihres Gedächtnisses. Falls wir ein Gedächtnis haben, und vor allem, falls wir uns erinnern.

Und die Geschichte hört nicht auf, ihre Haut mit solchen Blumen zu bedecken, sie schrundig zu machen durch den Krebs der Schande und der Ungerechtigkeiten, sie mit den Blicken und Mündern von Kindern zu zeichnen gleich offenen Wunden auf einer Welt, die sie verleugnet und mordet. Und das währt so von Anfang an, überall auf der Erde.

Der Körper der Geschichte gleicht dem eines Ertrunkenen, der lange am Meeresgrund gelegen hat und in dessen zerfressenem Fleisch sich unzählige Muscheln, Algen, Korallen und Meeresblumen festgesetzt haben. Und je zerfressener das Fleisch, desto mehr wuchern die Muscheln, die perlmutternen Blumen, leibgewordene Tränen und Blut. Und je mehr geschunden und verstümmelt das Fleisch ist, desto mehr wuchern in den Wunden Myriaden von aufgerissenen Augen und Mündern. Denn was die Mächtigen der Welt auch glauben mögen, Geschichte machen weniger sie als all die Kleinen, all die ganz niederen Namenlosen, die Geschichte erlitten, erduldet haben und darüber gestorben sind, wie Ertränkte sterben: zugleich um ihr Leben auf der Erde, um die Schönheit der Erde und um die Himmelsweite, das Licht und den Wind gebracht.

Wie sollte die Riesin nicht hinken, da sie in ihren Lumpen so viele, viele Entschwundene zu tragen hat, ertrunkene Männer und Frauen, Kinder mit nackten Füßen, mit irr blickenden Augen, Jahrhundert um Jahrhundert. Da sie an dem so schweren Körper der Geschichte zu tragen hat seit der fernsten Vergangenheit bis heute.

Wie sollte sie ein eigenes Gesicht haben, und erst einen Körper aus Fleisch und Bein, wenn ihr Antlitz nur das Ausgelöschtsein von Milliarden Gesichtern ist und ihr Körper nur aus Schweiß und Tränen der Toten und all der Lebenden besteht.

Wie sollte sie sich am hellen Tag zeigen, sich ins Gesicht sehen und sich berühren lassen, da sie ja nur ein Schweißtuch ist, das ohne Unterlaß gewebt und zerrissen wird und immer wieder neue Schmerzensleiber umhüllt.

Die Riesin war längst verschwunden, und das Gesicht der kleinen Sarah hatte sich verwischt, aber noch immer höhlte und härtete sich das Schweigen im Zimmer. Die Wörter in dem aufgeschlagenen Buch auf dem Tisch, unterm Schein der eierschalenfarbenen Lampe, hatten nicht mehr den mindesten Sinn; Tintengekrakel auf Papier.

Manchmal genügt die Erscheinung eines Gesichts, daß die Sprache plötzlich bleiern wird und sich erschöpft und das Denken abirrt. Man verharrt, im Geist eine Brache, die Augen ganz umnebelt vor Abwesenheit, das Herz der Leere preisgegeben. Und käme in solchen Momenten der Tod, uns zu holen, er fände niemand vor – nur die Hülse eines Wesens. Eine vor Staunen, vor Traumverlorenheit ganz rissige Hülse.

Neunte Erscheinung

Blies wer Oboe, blies nun schon seit Tagen …

Blies die Oboe lang, am Ufer Dunkelheit,
am Ufer endlos, wo noch niemand ging an Land:
Blies er aus Gleichmut, blies er nicht aus Angst vielleicht?
War er ein stiller Hirt? Ein König, der verbannt?
Karel Hlaváček

Der Strom führte Hochwasser. Ein wenig in Richtung zum Šítkovská-Turm hinauf, längs der früher von Holzflössern belebten Quais, breitete sich das Wasser in großen Lachen über die Steine. Von der Strömung mitgerissene Äste lagen überall an den Ufern; ihre geschwollene Rinde war grünschwarz, die Zweige kahl. Auch Kistenbretter und kaputte Flaschen waren angeschwemmt, sogar ein Handschuh.

Möwen kreisten über dem Strom, stießen dann und wann ihre gellenden Schreie aus, im Kontrast zu dem eintönigen, mürrischen Gequake der Enten. Schwäne zogen still übers Wasser, ganz langsam. Sie bewegten sich in Wellenlinien, zu dritt, in Paaren oder auch allein. Sie hielten sich an geregelte, begrenzte Bahnen, als befleißigten sie sich, nur den eigenen Spuren zu folgen, und wenn sie es satt waren, hinüber und herüber zu schwimmen, steuerten sie aufs Ufer zu, an den Enten und den schwarzen Bleßhühnern vorbei, die in wechselseitiger Gleichgültigkeit sich zu Klans scharten.

Der Tag neigte sich. Eine krumme alte Frau trippelte am Ufer lang, darauf achtend, daß ihre Stiefel nicht naß wurden in dem stehenden Wasser. Sie hatte eine Plastiktüte in der Hand; die Tüte war voller Brotrinden. Mit großem Ernst verteilte sie ihr trockenes Manna an die Vögel auf dem Strom. Als die Tüte leer war, schüttelte sie sie aus, damit ja kein Krümchen verlorenginge, dann faltete sie die Tüte langsam und steckte sie in die Tasche. Sie blieb noch eine Weile stehen und betrachtete die um sie versammelten Vögel; sie wirkte so schmächtig neben den großen Schwänen, von denen einige zischend und mit gebreiteten Flügeln die Hälse nach einem Rivalen reckten, der ihnen ihr Stück harte Kruste wegschnappen wollte. Sie redete zu den Schwänen, wie man auf zankende Kinder einspricht, scheuchte die gierigsten und wütendsten, ohne sich von ihrer Stärke einschüchtern zu lassen. Schließlich ging sie ganz langsam davon, mit dem ein wenig schwebenden Gang derer, bei denen das Leben zu lange verweilt hat und die wissen, daß die Lebenden, die sie umgeben, schon nicht mehr ganz ihre Zeitgenossen sind. Ihre Zeitgenossen von einst sind ihnen vorausgegangen in das Mysterium des Erlöschens, und sie, die Alten am Rand des Lebens, warten, daß sie an die Reihe kommen, und werfen indessen den Vögeln in Parks und an Ufern hartes Brot hin. Greise Däumlinge, denen nichts anderes übriggeblieben ist, als ihren langen, trübseligen Weg mit Krusten und Krumen, Selbstgesprächen und Seufzern zu bestücken.

Am bräunlichen Himmel erschien ein ferner, ganz schwach blinkender Stern. Die Geräusche der Stadt wurden dumpfer, die des Stroms klangen dichter. Ein langer Zug aus flachen Güterwagen überquerte die Eisenbahnbrücke mit hallendem und gleichwohl sanftem Rollen in regelmäßigem Rhythmus. Die dicken Fässer auf den Waggons zeichneten sich als weißliche Massen vor dem immer dunkleren Himmel ab. Es war ein endloses Defilee ganz gleicher, phantastischer Silhouetten. Das Blinken des Sterns hoch über der Stadt, genau über dem Strom, wurde kräftiger.

Eine andere Silhouette erschien. Die der Riesin. Sie verharrte am Ufer, ganz dicht am Wasser. Schwäne und Enten schliefen zu ihren Füßen, den Kopf tief unterm Flügel, als suchten sie eine zweite Nacht in der Wärme ihres Körpers, in ihrem weichen Gefieder.

Ich sah sie von hinten, von den Holzstiegen herab, die ich erklomm, um auf die Überführung zu gelangen. Sie schaute auf den Strom, nach dem Widerschein des Sterns in dem düsteren Wasser. Und diesmal hatte sie nicht das Durchscheinende von Obsidian wie damals, als ich sie am Hang des Vyšehrad hatte sitzen sehen und sie die Stadt in ihrem Schoß gewiegt hatte, sondern das Hauchige von ganz feinem Gazestoff.

Sie betrachtete den zwiefachen Stern, den am Himmel und den im Wasser, Lichtjahre entfernt, an den Grenzen des Universums der eine und in Höhe ihrer rechten Schulter zwinkernd der andere. Gedachte sie des barmherzigen Sterns, der vor Jahrhunderten über einem böhmischen Dorf aufgegangen war bei der Geburt eines Knaben, Johann mit Namen, der, als er ein Mann geworden war – ein Mann des Wortes und des Glaubens –, seine Weigerung, wortbrüchig zu werden, mit dem Leben bezahlte und auf Geheiß des Kaisers in die Moldau gestürzt wurde? Doch es gingen auf geheimnisvolleres Geheiß fünf Sterne im Wasser auf, dort wo Johann von Nepomuk ertränkt worden war. Und auf noch wunderbareres Geheiß verweste der im Veitsdom beigesetzte Körper im Laufe der Zeit bis auf die Zunge, die als einziges unversehrt, unberührt blieb vom Tod.

Rein und beständig auf immer, die Zunge des Märtyrers, weil belebt durch das Wort, durch den Sinn und die Achtung des Wortes, durch die Treue zu dem einmal gegebenen Wort. Wunderbare und gepriesene Zunge des heiligen Johann von Nepomuk – durch ihre unveränderliche Rosenfarbe bekundete sie, wie ernst und fordernd das Wort ist und daß Sprechen immer auch heißt, seine Ehre und seine Seele einzusetzen.

Der Stern hatte bei Geburt und Tod über den Dächern von Nepomuks Dorf gestrahlt, wo er seinen ersten Schrei ausgestoßen hatte, und über dem noch ungebändigten, bei jedem Hochwasser die Brücken fortreißenden Strom, wo der getreue Mann seinen letzten Seufzer tat.

Und sein ertränkter Leib hatte sich mit Sternen überzogen – funkelnde Wasserrosen, Worte aus Licht, schwebend zwischen Himmel und Wasser.

War es das Echo dieses Wortes aus Gold und Schweigen, dem die Riesin, über die Moldau gebeugt, nachlauschte an jenem Abend, oder sang träumend am tiefen Grund eine Wasserfrau? Waren es die Geräusche der Stadt, die der Fluß mit sich trug, worauf sie horchte, oder waren es die Tränen der Ertrunkenen, die im Lauf der Jahrhunderte eins geworden waren mit der Strömung, oder hing sie dem verschollenen

Lärmen der Schiffer und Holzflößer nach? Vielleicht alledem zugleich, denn ihr Ohr nimmt die Klänge und Geräusche der Gegenwart ebenso deutlich wahr, wie es gleichzeitig in jeder Sekunde den Puls der Vergangenheit schlagen, alle die jahrtausendealten Stimmen und Seufzer brausen hört in unermeßlicher Zahl.

Sie lauschte dem Strom, dem Gedächtnis des Wassers und der Ufer, lauschte der Nacht, der Nacht über Prag, dem Geraune der Lebenden, und sie lauschte dem Stern, dem Gedächtnis des Sterns, der lange vor der Erde geboren wurde, und auch dem stetig plätschernden Widerschein des Sterns auf den Wassern dieser Welt.

Mit einemmal fuhr ein Schwan, der unweit von ihr geschlafen hatte, aus dem Schlummer, erhob sich, tappte mit wiegenden Schritten und breitete die Flügel.

Auffliegend durchquerte er die Gestalt der immer noch reglos verharrenden Riesin. Mit seinen weit gespannten Schwingen, seinem mächtigen Körper flog er der Frau aus Nebel und Dunst mitten durch den Rücken. Einen Augenblick lang erschien der Schwan illuminiert, seine Weiße schimmerte wie Reif, und anstatt sich auf dem Strom niederzulassen, stieg er weiter auf und verhielt eine Zeit dort oben mit geschwellter Brust und gebreiteten Schwingen, den Hals gerade hinauf nach dem Himmel gereckt. Er stieß einen rauhen Schrei aus, dann ging er nieder, aber setzte nicht auf der Wasserfläche auf; er begann auf der Strömung zu laufen, schlug sie in großer Schnelle mit den Füßen und flatterte gewaltig mit den Flügeln. Er tanzte, höchster Exaltation hingegeben wie im Sturm der Begierde, und sein Tanz hatte nichts von der seiner Art zugesprochenen, legendären Anmut und Sanftheit.

Sein Tanz war wild, sein Flügelschlag schroff und brausend, und sein Hals krümmte und streckte sich jäh, anstatt sich zu wellen. Sein Tanz war ohne liebliche Schmiegsamkeit, sondern von machtvoller, erhabener Schönheit. Der wahren Schönheit seiner Art.

Er tanzte, der Schwan, tanzte dicht überm Wasser, bei Anbruch der Nacht, mitten in der Stadt, den Menschen so nahe und doch so fremd; er tanzte, bis ins Innerste seines tierischen Fleisches, seines lebendigen Fleisches von einer weit herrlicheren, viel mehr noch betörenden Erregung als der Begierde ergriffen. Es war die Erregung, den Körper der immateriellen Riesin, der jahrtausendealten Weinenden, durchflogen zu haben. Die Erregung, verspürt zu haben, wie das Mysterium der Barmherzigkeit ihn durchstrahlte – Barmherzigkeit für jegliches lebendige Fleisch, sei es Mensch, sei es Tier. Es war die heiße Erregung, zu der Gemeinschaft aller Lebendigen, gleich welcher Art, zu gehören.

Er tanzte, der Schwan, tanzte wie ein Zauberer, der den Regen, die Sonne, die Fruchtbarkeit der Erde feiert. Und er war weder Männchen noch Weibchen, nicht einmal Vogel in dem Augenblick, nur ein Lebendiger, einfach ein Lebendiger, den die heimliche Glorie des Fleisches, der dumpfe Gesang des eigenen Blutes begeisterte. Ein Lebendiger in der trunkenen Freude, den Pulsschlag des Lebens, die Kraft des Seins in sich zu fühlen. Er pries die Nacht, den Stern, die ganze Stadt, wie er da über die Wasser des Flusses stampfte und sie mit den Flügeln schlug.

Und der Stern am Himmel und im Wasser zitterte wie ein Mund, daraus das lange bedachte und gereifte Wort einer Segnung bricht. Und der Stern glänzte wie Lippen, auf denen das tief gereifte und durch geduldiges Denken befruchtete Wort eines Bekenntnisses der Liebe und Treue leuchtet.

Endlich kam Ruhe über den Schwan, er sank ins Wasser hinab und glitt dahin. Träge entfernte er sich, wie die Strömung ihn trug.

Die Riesin war fort. Die anderen Schwäne schliefen, wie die Enten, friedlich am Ufer. Neue Sterne blinkten am Himmel auf.

Zehnte Erscheinung

Und vermochte ich jemals wirklich zu lieben,
waren es nicht Blitze, die mein Fühlen ins Dunkel trieben?
Vladimír Holan

Die Stadt war nur noch schwarz oder weiß. Der Erdboden auf Plätzen und in den Parks war zu rußfarbenen Schollen erstarrt, mit dünnem Schnee überpudert, große Saatkrähen hüpften darüber mit gellendem Gekrächz. Die Stämme der Buchen und Linden waren anthrazitgrau, die Hauswände sahen aus wie mit Schlackestaub verputzt. Aber die Dächer waren weiß, die kahlen Äste und Zweige glitzerten vor Reif, und die Birken blinkten. Fern, sehr fern brach durch den rauchverschleierten Himmel über den schwärzlichen Raupen, die aus den Essen stiegen, eine blasse Sonne. Es fror zum Steinespalten.

Die Passanten gingen ganz langsam, die Augen kältebeschlagen, die Gesichter umdunstet vom eigenen Atem. Aber die Menschen sahen einander nicht an, sie sahen nirgends sonst hin, das eisgelackte Trottoir beanspruchte ihre volle Aufmerksamkeit. Sie gingen wie Seiltänzer, die Arme zur Balancierstange gebreitet, die Hände in Bereitschaft, einen Sturz abzufangen.

Auf einer Straße unweit vom Karlsplatz qualmten Mülltonnen, hochvoll mit roter Asche. Beiziger Gestank lag in der Eisluft. Ein Fenster im Oberstock eines Hauses fesselte den Blick. Es bot ein wenig Farbe. Hinter den Scheiben stand neben einer Glasschüssel voll Orangen eine gelb und blau bemalte Fayencevase, darin ein Strauß Chrysanthemen in Mauve, Kupfer und hellem Ocker. Auf dem Gehsteig häufte sich vor den Kellerluken Kohle zu kleinen Pyramiden. Eine davon war halb eingerissen, daneben lag eine tote Taube, Kohlebrocken waren ringsum verstreut.

Die Braunkohlehaufen an diesem bitterkalten Tag riefen mir Kafkas Erzählung »Der Kübelreiter« ins Gedächtnis, wo der Held sich auf die Suche macht, seinen leeren Ofen zu füllen. »Verbraucht alle Kohle; leer der Kübel; sinnlos die Schaufel; Kälte atmend der Ofen; das Zimmer vollgeblasen von Frost; vor dem Fenster Bäume starr im Reif; der Himmel, ein silberner Schild gegen den, der von ihm Hilfe will. Ich muß Kohle haben; ich darf doch nicht erfrieren; hinter mir der erbarmungslose Ofen, vor mir der Himmel ebenso, infolgedessen muß ich scharf zwischendurch reiten und in der Mitte beim Kohlehändler Hilfe suchen.« – Und der Mensch ist so arm und erstarrt, seine Not so dringlich, daß er komisch wird. So steigt er, rittlings auf seinem jämmerlich leeren Kübel, in die vor Kälte schneidende Luft. »Prächtig, prächtig; Kamele, niedrig am Boden hingelagert, steigen, sich schüttelnd unter dem Stock des Führers, nicht schöner auf. Durch die festgefrorene Gasse geht es in ebenmäßigem Trab; oft werde ich bis zur Höhe der ersten Stockwerke gehoben; niemals sinke ich bis zur Haustüre hinab.«

Der Bedürftige rüstet sich mit buffoneskem Stolz, schwebt dahin auf seinem hurtigen Paradekübel. Und der durchfrorene Reiter zweifelt nicht, daß er mit solch einem Roß die Aufmerksamkeit des Händlers in seinem reichlich warmen Kellergewölbe erwecken und sein Mitleid erobern wird. Mehr sogar als sein Mitleid – seine Achtung, seine heilige Furcht. Denn er kommt geradewegs aus dem Dekalog, der kältestrahlende Reiter, er ist ein Reiter Gottes, er ist die Verkörperung des Fünften Gebots: »Du sollst nicht töten.« – »Ich muß kommen wie der Bettler, der röchelnd vor Hunger an der Türschwelle verenden will und dem deshalb die Herrschaftsköchin den Bodensatz des letzten Kaffees einzuflößen sich entscheidet; ebenso muß mir der Händler, wütend, aber unter dem Strahl des Gebotes ›Du sollst nicht töten!‹ eine Schaufel voll in den Kübel schleudern.«

Und er ruft den Kohlehändler mit der Stimme eines biblischen Herolds, ruft ihn an im Namen des Gesetzes. Aber der gute Mann ist ein bißchen harthörig; seine Frau zwar hat sehr wohl gehört, sie aber ist hartherzig, unerbittlich. Ein Habenichts, der, ein Taugenichts. Soll doch zum Teufel gehen, der komische Jockey, er und sein Eisenpferd sollen sich packen, aber schnellstens, sollen sie doch weit weg in der Eisluft weiden. Verschwinden soll er, fort, weit fort von ihrem friedlichen, warmen Keller. Sie löst ihr Schürzenband und scheucht den Lästigen weg mit der Schürze, wie man einen Vogel, eine Fliege verjagt. Die Schürze knallt in der verlassenen Gasse, in der vibrierenden Eisesstille. Und das kleine Eisenroß ist so leicht, auch sein Reiter hat so wenig Gewicht, daß er sogleich aufsteigt und entflieht. – »Eine Frauenschürze jagt ihm die Beine vom Boden.«

Und so fliegt er davon nach den Regionen des Eises. Er fällt ins Land der Eisberge hinab und irrt dort für ewig umher auf den Spuren der kleinen arktischen

Hunde. Die Kohlehändlerin, die alle Gebote nicht kümmern, hat ihn ans Ende der Welt, in die ausweglose Kälte verscheucht – in die bleiche Wüste ohne Wiederkehr.

Hier mangelte es nicht an Kohle; die Keller quollen ja über davon bis auf den Gehsteig. Der verfrorene Reiter hätte seinen leeren Kübel füllen können, er hätte nur von einer Pyramide zur nächsten springen müssen.

Aber an etwas hapert es immer. Immer kommt ein Moment, da man sich rittlings auf einem Mangel, einer hallenden Leere befindet. Und dann braucht der andere, den man soeben um Aufmerksamkeit und Hilfe, um Antwort auf unser Bitten, um Erbarmen angefleht hat, nur unbeeindruckt oder gereizt mit dem Taschentuch zu wedeln oder bloß mit der Hand, und schon sind wir bis übers Eismeer verbannt.

Kam die Riesin an dem Tag vorüber? Irrte sie durch das Viertel, hockte sie in dem Keller, wo die Kohle langsam zerbröckelte? Zitterte auch sie in der trockenen Kälte, unter der Stadt und Menschen erstarrten, hinkte sie unsichtbar durch die Gasse? Gewiß ist, daß sie sich erhob und durch Kafkas Text, der mir in den Sinn gekommen war, hindurchging. Sie geht überall, wohnt nirgends, erscheint an allen Orten. Und Texte sind auch Orte – Texte vor allem. Es sind die Orte, wo alles sein kann – Verzückung wie Düsternis, ja sogar Gottes Wort. Es sind die Orte, wo Einsamkeit und Mangel erleuchtet werden, wo Leere dröhnt, Stille singt. Sirenengesang auf hohem Meer, hohem Land.

Und das Herz geht unter, von der Weite betört, närrisch vor Unendlichkeit und den Tod nicht achtend, weil es auf einmal auf gleich und gleich mit ihm steht. Nein, nicht wahrhaft mit ihm, aber mit dem Gedanken an ihn – sein immer nahes Futurum. Und das Herz geht unter, um neu in den Tag, in die Höhen des Tages aufzusteigen und auf der Erde zu landen. Auf der Erde, wo wir zu leben meinen, die uns aber stets nur Verheißung bleibt, immer am Horizont. Die Erde, wohin wir immer zurückfinden müssen auf allen Wegen, seien sie Dreck, Stein, Wasser oder Himmel. Und die Wege der Tinte sind all dessen teilhaftig, sie sind die Abkürzungen. Abkürzungen durch vielverschlungene Labyrinthe, die uns manchmal jäh straucheln machen auf lichtester Lichtung. Für einen Augenblick ist das Leben unser, und wir sind auf der Welt. Wir sind mittendrin, im Herzen der Welt, deren Sinn und ganze Schönheit uns endlich aufzugehen scheinen. Für einen Augenblick ist das Leben unser, voller Licht, und die Welt liegt zu unseren Füßen. Das dauert nicht, aber es hinterläßt Spuren – Runen einer unmöglichen Liebe, tief eingegraben ins Fleisch, ins Gedächtnis und in die Sehnsucht. Runen, die lange, lange noch heimlich singen in unserem Blut.

Jene Texte, worin das Herz untergeht, auf daß es besser begreife, und sei es nur für einen Lidschlag, durchwandert die Riesin mit dem Hinkefuß. Ihre Schritte hallen in den Worten wider, ihre Tränen blinken zwischen den Zeilen.

Und an diesem Tag raunte sie aus dem Text, der mir beim Anblick eines Kohlenhaufens in den Sinn gekommen war. Für einen Augenblick war mir sogar, als könnte ich, wenn ich mich hinunterbeugte zu der Kellerluke, die durch die aufgeschüttete Braunkohle halb verbaut war, ihre Augen sehen, ihre riesengroßen, so bitterlich weinenden Augen voll unerträglicher, zärtlicher Liebe. Ihre fast durchsichtigen Augen mit dem flehentlichen, von Mitleid verzehrten Blick, der durch sein Licht erschlägt. Augen, denen man nicht begegnen kann, ohne den Verstand zu verlieren – deren Vorstellung allein den Sinn verheert. Augen, deren Blick einen an der Kehle packt und nicht mehr losläßt, der einen mit so großer Sanftmut umfängt, daß einem für immer nach Weinen zumute bleibt – mit ihren Tränen zu weinen.

Ich habe nicht hinuntergeschaut, ich bin meinen Weg gegangen. Und trotzdem habe ich sie gesehen und sehe sie noch.

Sie hat nichts gesagt an dem Tag, sie sagt nie etwas. Aber sie hat den erinnerten Text wie ein Glasfenster gesprengt, und alle Splitter, aller glitzernder Reif sind in mich gefallen. Und das Mysterium des Fleisches, die Herrlichkeit des Begehrens, das Wunder der Liebe ohne Maßen – und der Schmerz zu lieben – haben auch diesmal wieder ihr betörendes Lied dazu gesungen.

Kübelreiter. Die, denen kalt ist, bitterkalt bis ins Mark, bis ins Blut, sie treiben so durch die Straßen. Brotkastenreiter. Die, die hungern, denen der Hunger in jeder Pore eingefressen und scharf in jedem Nerv sitzt, sie treiben so durch die Straßen. Niemand sieht sie, so durchscheinend und leicht sind sie; sie fliegen über unseren Köpfen. Und wenn wir sie unglücklicherweise einmal bemerken, wenden wir schleunigst die Augen ab. Der kleine Lidschlag reicht hin, sie zu vertreiben, und schon flattern sie davon wie altes Papier im Wind. Im bösen, pfeifenden Wind des Elends. Des Unglücks.

Namenreiter. Auch das kommt vor. Plötzlich findet man sich, kläglich verstört, auf dem Namen dessen sitzen, der uns verlassen, der unsere Liebe verraten hat. Die Verlassenheit ist so groß und der Verrat so grausam, daß wir aus uns selber geworfen sind, vom Boden geweht wie ein Strohhalm. Das kommt, weil der andere, der von uns weggegangen ist und seinen Körper anderswo darbietet, unserem Körper so sehr fehlt, daß wir das Gewicht des eigenen Fleisches verlieren. Weil der Körper des anderen, einzigen, unser Halt in dieser Welt und mit der Zeit sogar unser eigentlicher Körper geworden war – Körper aus Lust und Zärtlichkeit.

Wir sind Fleisch vom Fleisch der anderen. Da sind die beiden Körper, die uns wie von Ewigkeit an vorausgegangen sind, die uns gezeugt haben – unsere Eltern. Dann jene, die mit uns aufgewachsen sind, denselben Eltern entsprungen, die die gleichen Erinnerungen wie wir tief in Fleisch und Blut tragen – die Geschwister. Dann wieder die unserem Fleisch entstammenden Kinder, die wir lange Zeit hegen, ernähren und beschützen müssen, damit sie wachsen und reifen, bis sie sich von uns lösen und mit festem Schritt die Grenzen, die wir gezogen hatten, überschreiten. Wir alle bleiben einander wesensgleich.

Und dann gibt es den, der eines Tages auftaucht von

anderswoher, sich aus der Menge löst und auf uns zukommt und uns ganz nahe wird. Der uns so nahe wird, daß sein Atem eins wird mit dem unseren und sein Gesicht in uns wohnt. Es ist der oder die Geliebte, Leib, der sich zu unserem Leib gesellt. Unser zweites Ich. Und der, obwohl er doch fremd ist, gerade weil er fremd ist, uns wesensgleich wird auf den Wegen des Verlangens, die insgeheim die verwandtschaftlichen Bahnen schneiden.

Diesen anderen hat man betrachtet, umarmt, liebkost, man hat an seiner Seite geschlafen, in seiner Wärme, seinem Geruch, hat ihn begehrt mit einem Verlangen, das noch auf dem Gipfel der Erfüllung wuchs, und darum kennt man ihn, wie kein anderer ihn kennt – niemand ihn kennen kann noch soll.

Der Körper des oder der Geliebten ist heilig, ist rein, bis ins Toben und Röcheln der sich stillenden Begierde. Er ist unser Geheimnis, unser Stolz und Glück. Fruchtbares Glück, das all unsere anderen Glücksmomente befruchtet, all unsere anderen Anläufe auf die Welt, auf Dinge und Wesen. Er ist die Stele an unserem Weg und an jeder Kreuzung, darauf der Text sich immer wieder erneuert, den mit Händen, Augen und Lippen zu lesen wir nicht müde werden.

Man glaubte, er sei unser eigen, unzertrennlich, unauflöslich mit uns eins. Man hat sich getäuscht. Er geht weg, verleugnet, vergißt uns. Und der Schmerz frißt sich in jede Pore unserer Haut, nistet sich überall in uns ein, und der Verstand, den man dagegen hartzumachen versucht, birst und zerbröckelt. Der Verstand will nichts mehr hören, das ist das Furchtbare. Man stößt sich am Fehlen des anderen, weiß nicht mehr aus noch ein, wo sich verstecken, wohin entkommen. Man erniedrigt sich, ertappt sich dabei, wie man außer sich nach seiner Gestalt auf der Straße, in der Menge späht, wie man bei jedem Geräusch auffährt, als käme er zurück; jeder Schritt ist sein Schritt. Aber er – oder sie – geht anderswo, so fern von uns, gleichgültig. Man klagt ihn an, verflucht ihn, beschimpft ihn, aber schon braut sich in uns die Verzeihung zusammen. Man möchte tot sein, aber existiert weiter, immer in dem unmöglichen Wunsch, ihn wiederzusehen. Einmal noch, nur einmal, ein einziges Mal. Man haßt ihn, aber ruft ihn mit der unendlichen Geduld und dem Schmerz und der Liebe, mit denen die Propheten ihr gottloses Volk zurückriefen zum Glauben. Man verspottet den Treulosen, verleumdet ihn, man lästert – aber ein Bettler tief in uns streckt flehend die Hand nach ihm aus.

Und man fliegt rittlings auf seinem Namen; treibt nach den Eisgipfeln des Schweigens hin, wo alle Tränen und Rufe gefrieren. Man zittert, man ist so bloß, man friert so schrecklich. Man fleht den andern an zu kommen, unsere Blöße mit seinem Körper zu bedekken. Man ist so nackt, daß man ganz zerschunden und wie gehäutet ist. Man ist nackt bis ins Herz. Und fühlt sich klein, unendlich klein, und häßlich, ganz eingezurrt vor Gram und Kälte, sich selber und keinem sonst begehrenswert, weil der andere uns nicht mehr begehrt.

Der andere, der nie mehr zurückkommt.

Da krümmt man sich in seine Leere, hat nicht einmal mehr Worte und Atem, um den andern zu rufen.

Man ist besiegt. Die unmögliche Liebe zu dem anderen vertreibt uns aus der Schwerelosigkeit, und schwer vor Mangel, lastend vor Kummer, vor Scham fallen wir. – »Weiß ragt es rings, mein Kübel das einzig Dunkle. War ich früher hoch, bin ich jetzt tief, der Blick zu den Bergen renkt mir den Hals aus. Weißgefrorene Eisfläche, strichweise durchschnitten von den Bahnen verschwundener Schlittschuhläufer. Auf dem hohen, keinen Zoll breit einsinkenden Schnee, folge ich der Fußspur der kleinen arktischen Hunde. Mein Reiten hat den Sinn verloren, ich bin abgestiegen und trage den Kübel auf der Achsel.«

Unter dem Schritt der Riesin hallte der Text, und das Fünfte Gebot dröhnte in der Eisluft. Aber die Stadt war taub, die Erde schwarzer Firn, der Himmel ein Schild aus Eisen. Die verstoßenen Liebenden schlichen mit gesenkter Stirn, mit verschlossenen, kälteblauen Lippen längs der Mauern. Niemand beachtete sie – wer in tiefes Elend stürzt, ist so farblos, daß er unscheinbar wird.

In dem Keller, unter dem Kohlenhaufen zusammengekauert, weinte die Riesin. Weinte in Dreck und Kälte still den Schmerz der Liebenden, die nicht mehr geliebt werden.

Elfte Erscheinung

Ach, woher kommt all das, wovon wir uns ableiten?
Wessen Nächte waren es, die auf meinen Nächten lasten?
Da wurde soviel gewacht, daß nun kein anderer Platz ist.
Ich habe meinen Sturz entdeckt. Wie?
An den Tränen!

Jiří Orten

Die Straßenbahn überquerte die Palacký-Brücke; die Bäume auf den drei kleinen Inseln flußab begannen kaum zu knospen. Die helle Fassade der Burg weit oben über den Dächern und Gärten der Kleinseite verschwand plötzlich, als die Bahn in die graue Lidická-Straße einbog. Dann fuhr sie die endlose Plzeňská-Allee entlang. Als sie an der Station Bertramka hielt, begann es fein zu graupeln, ohne daß das leicht rosige, kalte Licht des Tages sich änderte. Hinter den verrosteten Gittern des Kleinseitener Friedhofs ragten von den Grabstätten die steinernen Engel und Beter, Hirten, die über Schweigen und Ruhe des Ortes wachen. Ein Gärtner karrte Reisig über die einsamen Pfade zwischen den Gräbern. Der Schauer, ein silbriger Flaum, darin das Licht glitzerte, fiel schräg zur Vertikalen der Kreuze und Statuen.

Je weiter die Bahn fuhr, desto uneinheitlicher wurde die Architektur des Viertels Košíře. Häuser des vorigen Jahrhunderts mit leprösem und rußgeschwärztem Putz, halb abgebröckeltem Gesims, schmutzigen, wenn nicht kaputten Scheiben, standen neben jüngsten Bauten, plumpen Betonklötzen, die Fassaden mit langen bräunlichen Schlieren und Rissen überzogen; dazwischen sah man alte Fabrikgebäude in schmutzigem Ocker. Weite Leerflächen unterbrachen hüben wie drüben die zusammengewürfelte Reihung. So fressen die Großstädte ein nahegelegenes Dorf nach dem anderen, mit Hast und Ungeniertheit, mit launischer Habgier wie auch gedankenloser Gleichgültigkeit.

Dann verläuft die Plzeňská-Allee durch ein sonderbares Niemandsland; Häuser halten sich fernab der Straße. Man meint, aus der Stadt heraus zu sein. Die Umgegend spricht von nichts wie Verlassenheit; längs der Straßenwälle sprießt Unkraut aus der schwarzen Erde. Der Eindruck von Verlassenheit aber wird am größten um die Station des Motol-Krematoriums: ein Felsblock mit einem Kreuz darauf überragt die Stadt der Asche. Warum nur ist das Herz der Städter immer von Hast beherrscht; sie verbrennen die Toten, tun ihnen die letzte Gewalt an, sie gönnen ihnen keine Zeit, sich in der Erde aufzulösen. Ihr Verschwinden wird beschleunigt. Man reißt Häuser weg, tilgt Spuren, vernichtet Landschaften, verbrennt Leiber, aus denen das Leben gerade erst gewichen ist. Man rennt, rennt außer Atem, immer mehr außer Atem, in einem immer enger begrenzten Raum.

Wenn ein Ende weiter, den Hang hinan, hinter abfallenden kleinen Gärten, wieder Häuser stehen, sehen sie aus wie aus dem Untergang eines Dorfes Gerettete.

Die Straßenbahn rollte. Die Rosenfarbe am Himmel verblaßte; der Schauer war vorüber, der Asphalt glänzte, auch die Baumrinden, das Erdreich und die

Felsen seitlich der Straße. Wasser troff von den Zweigen, und an den Wagenfenstern perlten dünne Rinnsale herab. Es war noch kein junges Gras gesprossen; vorjährige Unkrautbüschel, rostfarbene Stengel, nackte Wurzeln und winzige Baumschößlinge mit braunen oder violetten Ästchen säumten die Böschungen. Aber schon war das Schwellen der Knospen zu spüren und daß sie kurz vor dem Aufbrechen waren; man ahnte die kleinen Beeren der silbernen oder blaßgelben Kätzchen. Das Grünen stand nahe bevor. Frühreife Forsythien sprenkelten mit leuchtendem Gelb die Landschaft, die noch am äußersten Rand des Winters zauderte. Die Straßenbahn rollte wie ein Seiltänzer auf der Scheide zwischen den Jahreszeiten.

Unweit der Endhaltestelle, in Řepy, erstreckte sich ein Neubauviertel. Die Zufahrtsstraßen waren noch nicht fertig. Ein nur zum Drittel gepflasterter Weg führte zu den Häusern; er schlängelte sich zwischen Brachgelände und Baustellen und unter dem niedrigen Bogen einer Autobahnbrücke hindurch.

Der Himmel spielte jetzt ins Malvenfarbene. Unter der Brückenwölbung verkündeten Graffiti die Liebesgeständnisse von Halbwüchsigen. Aus den Gebüschen des baufreien Geländes schallten die Jubelschreie von Kuckuck und Grasmücke. Wäsche wehte in trägen Wellen auf den Balkons der Häuser. Um die Baustellen herum war alles matschig; die daneben aufgeschichteten Ziegelmauern standen schief und waren sämtlich eingerissen. In den Baugruben hatte der Regen Maare gebildet. Darin häufte sich Abfall, rosteten Gerätschaften. Ringsherum hüpften Spatzen. Die

Erde strotzte von schmutzrosa Würmern. Jeweils zwischen zwei melodiösen Tschilppartien verschlangen die kleinen Vögel einen Wurm. Der Himmel dunkelte zusehends, er ging mittlerweile ins Braunviolett über. Aus der durchweichten Erde stieg der Geruch von Moder, Wurzeln und Rost.

War es nicht auch der Geruch ihres immateriellen Körpers, den das Baugelände verströmte, waren es nicht ihre Lumpen, die den Horizont überzogen, und hatte sie auf ihrer Wanderung nicht den leichten Wind aufgebracht, der die feuchte Luft noch kälter machte?

Es konnte nur sie sein, auch wenn sie sich nicht sehen ließ. Für einen Augenblick war ihre Gegenwart in der Luft spürbar. Leicht, geschwind, vom Abendwind getragen, war sie soeben vorübergezogen.

Und schon verlor die ganz gewöhnliche Landschaft um mich ihre Banalität. Oder genauer, die öde Vorstadtlandschaft trieb ihre Banalität so auf die Spitze, daß sie ein Verweilen des Blickes forderte. Ein Verweilen auf jeder Einzelheit des Sichtbaren, auf der Haut, der Hautkörnung des Sichtbaren. Auch der geringste Gegenstand erheischte auf einmal volle Aufmerksamkeit. Es ging nicht mehr um schön und häßlich, fad oder grau-in-grau, nichts verlangte mehr nach einem Urteil. Was machte es, daß dort alles gänzlich banal war, daß der Zugang zu den Betonklötzern in Morast und Trostlosigkeit lag; hätten sich ringsum der Strahov-Park oder die Terrassengärten von Vrtba oder das Lobkowitz-Palais erstreckt, es wäre das gleiche gewesen.

Es gab den Ort, die Kahlheit des Ortes und seine Macht – ob elend oder prächtig, hatte nichts zu sagen.

Wo die Riesin vorüberzieht, erhebt sich das Land aus dem Vergessen, darin wir es halten, lösen sich die Dinge aus der Gleichgültigkeit, in die wir sie verbannen, zeigt sich die Materie körnig, uneben, massig, porös, von der Zeit durchwirkt, und alles nimmt Geruch und Geschmack an, wird gegenwärtig.

Wo die Riesin vorüberzieht, fallen die Schuppen von den Augen, alle Sinne vereinigen sich und liegen auf der Lauer. Und unter der Herrschaft des Ortes, dem großen Geheimnis des Ortes erstaunen wir jäh, am Leben zu sein und gebunden an die Erde mit Fleisch und Blut, verankert in Raum und Zeit mit der ganzen Kraft unseres Daseins, mit dem vollen Gewicht unseres lebendigen Körpers – lebendig und voller Verlangen. Und im selben Zuge durchdringen wir die Dichte des Sichtbaren, wie die Galionsfigur eines Schiffes die Meeresmassen teilt, darin untersinkt und wieder aufsteigt, aufs neue eintaucht, ganz überströmt, geschlagen, gepeitscht, zernagt von den gewaltigen Wassern. Eine Galionsfigur, von den eisigen Wassern mit der Weiche des Satins gereinigt, geschliffen und blank.

Sowie die lahmende Wanderin uns streift, und so flüchtig sie uns nur streift, stehen wir aufrecht, mit den Füßen fest auf dem Boden, die Stirn im Wind und die Augen weit aufgetan für das Sichtbare, Fühlbare. Stehen aufrecht mitten im irrenden Herzen der Welt, an der Schwelle ihrer geheimen Glorie.

Die Laternen gingen an. Im Lichtkreis der einen zeigte sich eine schlammige Pfütze, in der ein Männerschuh lag. Ein Männerschuh mit verschimmeltem Leder, ein Ende Schnürsenkel hing noch dran.

Und das Sichtbare bündelte sich in diesem armseligen Ding, dem alten Schuh mit dem abgeschabten, ganz rissigen Leder. Die Sohle klaffte, und doch bewahrte der Schuh noch ungefähr die Form des Fußes, der ihn lange getragen und abgenutzt haben mußte. Ein weggeworfener Schlorren, der mit nichts mehr ein Paar bilden und niemandem mehr dienlich sein konnte. Der beharrlich aber die Prägung seiner einstigen Nützlichkeit beibehielt. Gehen, einen Männerfuß beim Gehen umschließen und festigen, den Halt eines Körpers auf dem Boden stützen. Gehen, ein Körpergewicht aushalten, an den Bewegungen eines Körpers teilhaben.

Der Schuh eines Menschen; ein Schuh, der vom Leben eines Menschen, vom Gewicht eines Menschen auf dieser Erde und von seinem Gehen auf der Welt Zeugnis ablegte.

Ein weggeworfener Schuh, schon dabei, im Schlamm zu verfaulen. Gab es in der Stadt oder den Vorstädten noch jemanden, der den alten Schuh als ehemals ihm oder einem Nächsten gehörig erkannte? Weil manchmal ja die leiblichen Dinge, alles, was einen Körper bekleidet, am Ende beinahe zu einem Teil dieses Körpers, zu seinem Ausdruck wird.

Wir bekleiden die Toten. Aber sie sollten immer nackt davongehen; das Sargholz reicht hin, sie zu umkleiden. Sie sollten alle nackt davongehen. In der Nacktheit eines Toten ist nichts mehr von Schamlosigkeit. Sei es Kind oder Greis, Mann oder Frau, was man mit dem häßlichen Begriff Leiche bezeichnet, hat nichts Geschlechtliches mehr. Das Wort Hülle ist treffender, denn darum handelt es sich. Der Körper hat seinen Atem eingebüßt, alles, was ihn sich bewegen, was ihm sein Da-Sein auf der Welt möglich machte. Und die Zärtlichkeiten und Küsse, mit denen man die eiskalte, steife Hülle noch bedecken möchte, entspringen nicht mehr der Begierde, dem schönen Strudel der Begierde. Es sind Gebärden von Flehenden, Betern, Stiftern und Bettlern zugleich, Gebärden unendlicher mütterlicher Liebe und kleinkindlicher Angst. Animalische Gebärden, wie ein Weibchen sein Kleines leckt. Sakrale Gebärden eines Ministranten, der sich über den heiligen Text oder lithurgische Gerätschaften beugt. Gebärden tiefster Keuschheit.

Der tote Körper wird ganz Gesicht – ein Gesicht, dessen Verwundbarkeit aufgehoben ist und aus dem blendend das Mysterium des menschlichen Wesens bricht. Als wäre die Seele, als sie den Körper verließ, mit dem sie eins war seit Geburt an, aus den Tiefen des Fleisches ins Sichtbare getreten und durchscheine die Haut. Als umhülle die Seele, ganz verwundert darüber, daß sie um das lebendige Fleisch, welches ihr eigen war, erleichtert ist, den Körper mit dieser ihrer Verwunderung und verweile zögernd auf der Haut. Die kleinste Faser der Haut wird zum Ruheort der Seele im Aufbruch.

Wie der Blick mit Gewißheit bloße, ungreifbare, unberührbare Kraft ist, die aus den Augen strahlt, wie der Blick absolute – immaterielle Gegenwärtigkeit ist, die sich uns aufzwingt und uns berührt und verwirrt, so dringt durch das erloschene Fleisch die Seele der Toten.

Und die Füße, die Füße der Toten auf ihrem letzten Lager erheben sich steil, die Sohle für immer vom Boden gelöst und nackt.

Der Tod bekundet sich mit so furchtbarer Eindringlichkeit, so erschütterndem, höchstem Ernst in den bleichen und bloßen Fußsohlen. Er bekundet in diesen schuhlosen Füßen, daß demjenigen, der da liegt, künftig jeglicher Aufenthalt auf dem Erdboden unmöglich ist, daß seine Zeit abgelaufen ist, daß jeglicher Schritt auf Erden ihm versagt ist – daß nur mehr der unsichtbare Schritt ins Jenseits zu vollbringen bleibt.

Der ganz nackte und einsame Schritt ins Jenseits.

Die Füße der Toten, die wir doch mit unseren Händen zu wärmen wünschten, auf die unsere Tränen herabtropfen, verweisen uns ins Schweigen. Unabänderliche und unerbittliche Nacktheit.

Die Füße der Toten, auf gleicher Höhe wie die auf der stummen Brust gefalteten Hände, wie das versteinerte Gesicht. Ihre Sohlen, von Linien überzogen, von erstarrten Furchen. Verlassenheit ohne Ende.

Die Füße der Toten, die durch unsere Nächte gehen, unsere Träume durchschreiten und unsere Lider zerknittern.

Die Füße der Toten, nackt und eisig sind sie an unsere Herzen gelegt. Und prägen unseren Herzen die Linien und Furchen der Verlassenheit ein, die ihre Sohlen überziehen.

Die Füße der Toten, deren Sohle Gesicht geworden ist.

Und ihre Schuhe bleiben zurück, sie häufen sich in Schränken, Zeugen der Enteignung, eines Stillstands von Leben für immer. Man wirft sie weg, verschenkt sie, um den Anblick ihrer unerträglichen Bewegungslosigkeit nicht mehr aushalten zu müssen. Oder man trägt sie selber, damit sie wieder den Weg des Lebens gehen, auf der Spur der Entschwundenen.

Man geht immer auf der Spur der Toten; und man hinkt immer ein wenig durch ihren Stillstand.

Der Laternenschein flackerte auf der Pfütze, der Wind bewegte leicht das Ende des Schnürsenkels.

Die Riesin aber hinterläßt nie Spuren auf ihrem Weg. Habe ich auch nur einmal ihre Füße gesehen? Ich glaube nicht. Mein Blick hat bei ihren kurzen Erscheinungen immer nur das Ganze ihrer hohen Gestalt, ihren Rücken, ihre breiten Schultern erfaßt.

Was für Schuhe sollte sie auch tragen, da sie nur in den Spuren der anderen geht? Sie kann nur barfuß gehen, wie früher die Sklaven, wie die Armen aller Zeiten überall.

Und darum verwandeln sich, wo sie vorüberzieht, die Orte, werden Berührungspunkte zwischen Erde und Himmel, Lebenden und Toten, und darum erstrahlt dort auch blendend das Sichtbare, weil ganz vom Unsichtbaren überströmt.

Jeder Ort ist heilig – nicht geheiligt –, wo die Weinende vorüberzieht, denn ein heiliger Ort preist in Stille das Bündnis zwischen Gott und den Menschen, ein für geheiligt erklärter Ort hingegen verbannt den Menschen aus dem Mysterium der Barmherzigkeit, verweist ihn in die Grenzbereiche zur Gewalt.

Auch der geringste Ort dieser Welt ist heilig, sofern man sich dort als armer, demütiger Gast aufhält, der nichts fordert – nichts als sein Gedächtnis und sein Gedenken an andere.

Letzte Erscheinung

Komm, komm und suche
Es ist irgendwo, wo aber
Einer hat es versteckt, doch wer
Es ist etwas, nur was
Such, suche.

Ivan Wernisch

Nie seit ihrem ersten Erscheinen hatte sie sich so lange nicht mehr bemerkbar gemacht; fast ein Jahr. Es war, als wäre sie fortgegangen, hätte die Stadt verlassen. Und eines Tages dann, an einem hellen Oktobermorgen, war sie wieder da.

Doch zeigte sie sich einzig, um desto gewisser zu verschwinden. Es war ein stummer Abschied, und er war kurz. Auf einer Allee in Libeň geschah es. Unweit der Station, wo ich auf die Straßenbahn wartete, löste sie sich von einem Baum am Straßenrand, überquerte eilig, ohne sich umzuschauen, die Fahrbahn und kreuzte geradenwegs den gegenüberliegenden Gehsteig. Er verlief entlang eines großen Gebäudes. Sie schritt durch die alte Fabrikmauer, als wäre sie Dunst, und verschwand.

Zum erstenmal löste ihr Auftauchen keine Erregung, keine Bilder, keinen Nachhall in mir aus. Es weckte kein Erinnern, säte kein Grübeln, ließ die Gegenwart nicht innehalten. Nichts geschah; nichts, nur daß ich kühl feststellte, ich hatte sie wiedergesehen, und noch kühler begriff, es war das letztemal.

Der Gleichmut, mit dem sich dies abspielte, war zu grundsätzlich, zu krass, er mußte etwas bedeuten.

Einen Abschied also. Sie, die bei jeder ihrer Erscheinungen mit soviel Geheimnis und Traum im Sichtbaren umgegangen war, bewegte sich plötzlich im Sturmschritt wie eine gewöhnliche Passantin, die zum Bus hastet. So also nahm sie Abschied, unberührt rasch und schroff.

Was trieb sie derart dringlich, rief sie anderwärts – und wohin? Hatte sie sich all die Zeit in dem Bauminnern verborgen, die langen Monate unter der Borke überwintert oder, unsichtbar dort an den Stamm gelehnt, gewacht? Oder war sie etwa mitten im Gewühl der Passanten durch die Stadt geirrt, hatte sie gewartet in irgendeinem Keller, auf einem Platz, unter einem Kirchenportal oder in einem Hof?

Und wieso die plötzliche Hast, dieser so abrupte Abschied? Würde sie in dem Gebäude, in das sie eingedrungen war, bleiben, sich in dem grauen Stein auflösen, oder hatte sie es längst durchschritten und setzte jenseits davon ihren Weg fort? Aber wohin?

Mag sein, daß sie eines Tages, später einmal, in diese oder eine andere Stadt zurückkommt. Doch ihre Wiederkehr ist wenig wahrscheinlich. Und käme sie auch, es wäre nicht mehr dasselbe. Zuviel Aufruhr, Aufbruch von Erinnerungen, traumhafte Versonnenheit, zu große Erschütterung des Herzens und wirres Wünschen war auf jede Begegnung mit ihr gefolgt, als daß nach solch einem Bruch eine neue Reihe von Begegnungen sich ereignen konnte, als wäre nichts geschehen, als wäre der Rhythmus ihrer früheren Erscheinungen, mochte er noch so unstet und unvorhersehbar gewesen sein, nicht abgerissen.

Eine jede Liebe, sei es Kindes- oder Geschwisterliebe oder die zu dem geliebten Anderen, trägt auf immer das Mal des Abschieds, der sie eines Tages traf, trägt auf immer die offene Wunde dieses Abschieds, auch wenn der andere, der Geliebte, Verlorene wiederkommt und neu anfängt. Und in ihr und um sie war Liebe. Die tiefste, geduldigste, großmütigste Liebe – eine aus Zärtlichkeit, aus Mitleiden, die barmherzig macht.

Mag sein, sie kehrt einmal ins Sichtbare zurück; doch könnte ihre neue Erscheinungsweise dann das Sichtbare zu gewaltig erschüttern, eine zu große Bresche hineinschlagen und dem Blick Horizonte auftun, die lebendige Augen schwerlich zu ertragen vermöchten. Wie wenn ein Gestorbener wiederkehrte und setzte sich an unseren Tisch, legte die unberührbaren Hände still auf die Holzplatte und richtete seinen von der Helle des Fegefeuers erfüllten Blick auf unser erstarrtes Gesicht.

So viele Gesichter und Stimmen von Toten staken in ihren Kleidern. Und künftig ist unter der unermeßlichen Menge der Erloschenen, die in ihren Lumpen schlummern, auch das Gesicht und die Stimme meines Vaters. Mit anderen, die ihn seither eingeholt haben im Mysterium des Todes, auf dessen Schwelle unsere Aufmerksamkeit stets gerichtet sein sollte – von der wir uns aber erschrocken abwenden.

Künftig ist das Gesicht, das Lächeln, die Stimme des Mannes da, der mir in allem vorausgegangen ist – im Leben wie im Tod. Flußauf und, dort, flußab. Zwischen diesem Flußauf und dem unbekannten Flußab befindet sich sein geschlagener, lange Zeit bettlägeriger, leidender Leib, der lange Zeit anderen Händen ausgeliefert war – Händen, die nicht nachließen in Pflege, in Fürsorge. Händen, die eines Abends leer und unnütz verharrten, als in diesem Leib der Atem brach.

Künftig. Und so leben wir: von künftig zu künftig.

Epilog

Leicht geht beim Singen
Der Vogel, beim Springen
Der Hirsch in die Irre.
Wagt sich unversehens
Der Fisch in die Reuse,
Findet er nicht mehr heraus.

So fesselt der menschliche Verstand
Mitunter sich selbst
Und kann nicht alles fassen:
Noch ist der nicht geboren,
Der jeden Traum
Erklären kann.
Petr Benický z Turce

Sie hat die Stadt verlassen. Die Jahreszeiten vergehen, Regen, Nebel, Sonne oder Schnee prägen die Tage von Prag, sie aber bleibt aus.

Ihre hohe Gestalt zeigt sich nirgends mehr, weder in den Gassen der Altstadt noch in den Vorstädten, nicht an den Ufern, wo Schwäne und Enten sich versammeln, nicht am Hang des Vyšehrad oder des Petřín.

Das lange, stille Rinnen ihrer Tränen wird nicht mehr vernehmlich im Wind noch im Fliederduft, erglänzt nicht mehr auf Birkenrinden in den Parks oder auf zitternden Lindenblättern, verweilt nicht mehr auf Statuenhänden, die mit herrischer oder gequälter Gebärde sich nach dem hohen Himmel strecken.

Ihr mächtiger immaterieller Leib schreitet durch keine Hausmauern, keine Zimmerwände mehr, zaubert keine Gesichter mehr in den Himmel, auf den verrußten Putz von Fassaden oder auf alte Tapeten.

Passanten kommen und gehen, schlendern oder hasten durch die Straßen, über die Boulevards oder durch die Gassen, aber sie ist nicht mehr darunter. Sie hat die Orte verlassen.

Aber was hat es auf sich mit Orten, was sind sie eigentlich? Sind sie unsere Träume, oder träumen sie uns? Das Materielle von Orten ist mit so viel Imaginärem gepaart. Nie sind Stein, Beton oder Eisen so massiv und stumpf, wie es aussieht; die Zeit geht so lange darüber hin, bis sie, wie bei menschlicher Haut, das Poröse, Zerbrechliche daran enthüllt. Die Zeit vermählt sich der Materie, dringt in sie ein, zeugt Spuren, Sprünge, Flecke. Die Zeit atmet in ihr; die Zeit schlägt im Stein, im Verputz, ganz schwach, kaum vernehmlich, wie das Herz eines noch im Mutterleib eingeschlossenen Kindes. Das Herz eines Kindes, das endlos der Geburt harrt.

Die Riesin mit dem Hinkefuß und dem weinenden Herzen ist geboren aus den Steinen von Prag, aus der Vermählung der Zeit mit der Stadt. Und schon zu den Sagenzeiten, als die Fürstin Libuše den künftigen Ruhm ihrer Stadt prophezeite, wurde im Schatten dieses kommenden Ruhms die Riesin sichtbar wie seine Zwillingsschwester. Eine Schwester ohne Glanz und ohne Anmut, im voraus enterbt und verlacht, die doppelte Umkehrung des andern, so wie der Hofnarr die Umkehrung der Königin ist. Unzertrennliche Geschwister, gleichviel ob der Ruhm hell erstrahlt oder gänzlich zusammenbricht.

Sie ist geboren aus den Steinen von Prag, aus denen des Hradschin wie auch des Vyšehrad, mit ihren Wällen und Türmen, aus denen der Brücken, der Kathedralen und Kirchen, der Paläste wie der armen Häuser, des Straßenpflasters, der Treppenstufen, der Gassen im Ghetto. Sie ist aus dem Stein und dem Holz geboren, daraus die Stadt erbaut wurde, durch die sie Gestalt gewann. Sie ist verbrannt mit Stein und Holz jedesmal, wenn in dem oder jenem Viertel Feuer ausbrach, sie ist in den Fluten des Stroms versunken jedesmal, wenn ein Hochwasser die Uferhänge einriß und die Brücken stürzte.

Sie hat geheult in Gewitterstürmen, geglitzert im Regen, im Laub und auf den Dächern, hat gekracht im Eis des überfrorenen Stroms und in den Herbstnebeln gezittert; sie ist auf den Scheiterhaufen verbrannt und hat Millionen und Aber Millionen Mal auf den Friedhöfen gekniet vor Kreuzen, vor Stelen oder vor Massengräbern. Sie hat in den Parks gesungen, in der Baumblüte, in den Gärten und auf Plätzen. Sie ist in Kriegen und Aufständen, in den großen Epidemien und den Pogromen tausend Tode gestorben. Oft wanderte sie aus mit den Verbannten, ging mit den Deportierten den Weg in die Finsternis, und manchmal auch nahm sie mit den Gerechten und Heiligen den Weg in den Himmel.

Sie ist geboren aus Stein und Holz, Metall und Wasser und aus dem Leib der unzähligen Bewohner der Stadt. Durch die Jahrhunderte hin ist sie tagtäglich geboren aus dem Fleisch der Geschichte. Geboren und immer wiedergeboren und auferstanden, lahmer und unruhvoller mit jedem Sturz, jedem Tod, jedem Mord.

Sie ist das Gedächtnis der Stadt – das Schattengedächtnis, jenes der Armen und Kleinen, deren Namen die Geschichte nicht bewahrt, deren Leiden sie vergißt. Sie ist das allen Ruhms bare Gedächtnis, das nirgends aufgezeichnet, nicht gefeiert noch besungen, nicht ins funkelnde Gold der Mythen und Legenden gegossen wird. Sie ist das Gedächtnis in Lumpen, mit hungrigem Bauch, umränderten Augen – aber mit einem vor Demut und Zärtlichkeit verwundernden Blick. Sie ist das bettelnde, leidende, weinende Gedächtnis, das seine Vergangenheit aber nie widerruft, nie verrät, sein Volk nie im Stich läßt. Sie ist das zähe Gedächtnis, das keinen Augenblick dem Vergessen, der Lüge oder Verleugnung weicht. Sie ist das Gedächtnis, das nie versagt und fort und fort alles stoppelt und sichtet, was das schöne, das wählerische und hochmütige Gedächtnis verwirft. Sie sammelt jedes unscheinbare Leben, jedes unbedeutende Schicksal der kleinen Leute.

Deshalb hat sie die Stadt auch nicht wahrhaft, nicht für immer verlassen können. Es kann nicht sein und wird nie sein, denn sie ist eins mit der Stadt, ist ihr immaterielles Herz.

Nicht die Stadt hat sie verlassen, sondern das Sichtbare. Ist eingekehrt ins Innere der Steine, unter die Baumrinden, in die Baumwurzeln unterm Asphalt der Trottoirs. Über ihr, rings um sie hallen die Schritte der Fußgänger. Sie hat sich in die Luft aufgelöst, so wie Wu-Tao-Tsu sich aufgelöst haben soll in den Seidendunst der Landschaft, die er gemalt hatte. Und die Passanten gehen durch sie hindurch, ohne es zu wissen.

Sie ist aus dem Sichtbaren geschieden, so wie ein Regenbogen erlischt und den Himmel ganz kahl hinterläßt. Der Blick bleibt von den fernen Farbstäubchen gefesselt, die doch aufgehört haben zu leuchten; der Blick hängt der Schwingung des Schönen sehnsüchtig nach.

Sie ist heimgekehrt in ihr Element: in das Unsichtbare, das alle Dinge umgibt, in die Unendlichkeit, die jenseits unserer Endlichkeit ist, und in den kristallinen Gesang der Stille, die geheiligte Antwort, die ohne Ende das Getöse der Welt, den Lärm der Völker begleitet.

Sie hat sich dem Auge entzogen, das so wenig sieht, so viele Farben, Formen und Bewegungen nicht kennt; und sie hat sich dem Ohr entzogen, das so kläglich hört, so viele Klänge, Musiken und Schweigen nicht vernimmt. Denn wer sieht schon die Aura um Pflanzen, Bäume und Körper, wer hört die Melodie, die um sie schwingt? Selbst diejenigen, die sie ahnen, erlangen solche Wahrnehmungen nur selten und so flüchtig.

Sie ist die Aura, die aus den Steinen der Stadt, aus aller Materie und allem lebendigen Fleisch, das je die Stadt bewohnte, hervorgegangen ist; sie ist die Aura des Ortes, aufgestiegen aus dem Boden, dem Sockel aus Erde und Fels, auf dem die Stadt gewachsen und immer größer geworden ist. Eine so zärtliche Aura, daß die Lichter anderer Auren sich manchmal in ihr spiegeln – denn wie sie hat jede Stadt, jeder Ort im Lauf der Jahrhunderte am äußersten Rand des Unsichtbaren sich seine Aura gewebt. Es gibt keine Stadt, keinen Ort, die nicht ihr immaterielles Herz hätten, ihr einmaliges und unzähliges Herz – ihr namenloses Gedächtnis.

Sie hat sich dem Sichtbaren entzogen: aber vielleicht hat sie auch nur die Gestalt gewechselt, vielleicht zeigt sie sich nun in neuer Form? Als ein Spatz, der in einem Park Brotkrumen pickt, die eine Alte ausstreute, weil sie sonst nichts zu teilen hat, weil sie einsam lebt, abseits der Lebenden und im Warten auf den Tod; oder als streunender Hund ohne Herr, ohne Haus, oder als eine der Möwen, die überm Strom gellend schreien? Vielleicht ist sie der Schatten eines Gesichts, das hinter dem Fenster eines Altersheims zittert, oder hat sie sich aufgelöst im Sand eines Parks, wo die Kinder spielen? Vielleicht ist sie der Schein all der Kerzen, die in einer Kapelle still zu Füßen eines Heiligen, einer Madonna mit dem Kind oder einer Schmerzensreichen brennen, oder ist sie die weiße Helle am Abendhimmel, woher die Sabbatbraut naht mit schon funkelnden Fingern, reinen, durchschimmernden Nägeln im Licht der Flammen und in der Freude der Gesänge, die ihr zu Ehren erklingen? Vielleicht ist sie der Schwanenflaum, den alte Frauen behutsam an Uferhängen auflesen, oder tanzt sie im schaukelnden Schatten eines Betrunkenen, der, einen Gassenhauer grölend, nach Hause wankt? Vielleicht.

Und dann teilt sie ihre Gegenwart anderen Passanten mit, weckt jäh in ihnen tief vergrabene Erinnerungen, lange schlummernde Gedanken und Visionen, deren Stunde noch nicht gekommen war – der günstige Augenblick zu ihrer Entfaltung.

Andere Passanten läßt sie das Rinnen ihrer Tränen vernehmen, läßt sie ihr unermeßliches Gedächtnis tasten. Und sät andere Stimmen, andere Gesichter in das verhaltende, in liebevollen Aufruhr versetzte Denken dieser Menschen.

Mir aber bekundet sie nur mehr ihre Abwesenheit.

Aus dem Buch ist sie hinausgegangen. Nicht aus der Stadt noch aus dem Sichtbaren, nein, aus dem Buch.

Dabei war sie so wenig in dem Buch, hat sich nur so kurze Zeit darin aufgehalten. Ein paar Besuche, ein paar Bilder. Kurze Besuche, unvollendete Bilder. Schuld daran ist nur der Schreiber, nicht sie.

Schuld daran ist der Schreiber, der nicht fähig war, »unter Diktat« zu schreiben, wenn die Riesin auftauchte an einer Straßenkehre – unter dem Diktat ihres leisen Weinens. Der Schreiber, der sich ans Schreiben machte, wenn die Vision schon erloschen war und die Tinte schon trocken wurde und blaß und die Worte sich auf die Handvoll Zeichen reduzierten, daraus sie gebildet sind, anstatt sich auf die Größe der veränderlichen, polyphonen Welt auszudehnen, die ein jedes umschließt. Die Riesin mit dem Hinkefuß, dem weinenden Herzen, sprengte die Wörter wie Flint, wie Feuerstein, gab ihnen ihr ursprüngliches Feuer zurück, gab ihnen die Macht und den Klang wieder, die ihnen eigen waren, als sie dem Einschlag der Blitze in den Boden entsprangen. Sie sprengte die Wörter wie Fruchtschalen, darunter das duftende Fleisch leuchtet, der säuerliche Saft quillt, die Kerne oder der Stein glänzen. Aus dem Innern der Wörter ließ sie Flüsse brechen, Wälder blauen und Ebenen sich erstrecken, Wege sich schlängeln und Wolken ziehen. Vögel flogen auf durch den unermeßlichen Raum, den die Worte enthielten, Farben trudelten wie Heubündel, die der Wind jagt. Die Worte gerieten in Bewegung, in Vibration, wie wenn Glocken läuten. Und ihre Klänge vermischten sich miteinander.

Das Wort Baum überzog sich mit grauer oder brauner, elfenbeinfarbener oder silbriger Rinde und grub sich tief ins Erdreich, unter Gras und Steine, und verströmte den Geruch von Saft, Wurzeln, Moos und feuchtem Laub; Tiere nisteten sich ein, Augen zwinkerten aus dem Gezweig. Vogelaugen, Marderaugen, Augen von Wildkatzen und Siebenschläfern, Augen von Leuchtkäfern und Schmetterlingsaugen. Sternenaugen blinkten durchs Astgeflecht, Sonnen- oder Regenaugen kitzelten die Blätter. Kinderaugen spähten von hohem Sitz in die Weite oder träumten einfach.

Das Wort Baum umfaßte eine Welt, wühlte die Erde auf, legte den Humus frei und reckte sich zugleich bis in den Himmel, holte Lichtschollen herab; es pflanzte sich erhaben in die Schönheit der Erde, gliederte durch Jahreszeiten die Jahrhunderte und sammelte in seinem immer knotigeren und gliederreicheren Leib das Gedächtnis des Ortes ringsum.

Wo immer die Riesin vorüberkam und ein Baum stand in der Nähe, pries das ihn bezeichnende Wort ihn auf einmal mit aller Glorie und Kraft seiner ersten Benennung, es mochte ein noch so kränklicher und gewöhnlicher Stadtbaum sein. Wo immer die Riesin ging, gewann auch das Geringste die ganze Fülle seines Namens zurück, der spärlichste, fadeste Busch fand das Gedächtnis seiner Gattung wieder, seiner hohen, sagenhaften Gattung.

Wo die Hinkende ging, verleugnete die Stadt nicht mehr die Natur, zeigten sich Eisen, Stein und Beton ebenso wie die Bäume und das zarte Blütenfleisch in voller Gegenständlichkeit. Ebenso wie das verletzliche Fleisch der Menschen. Alles wohnte in seinem Namen, im Reichtum und in der Rundheit seines Namens.

Wo die Weinende ging, fand die Stadt mit all ihren Winkeln und ihren mindesten Gegebenheiten das Gedächtnis ihres Ortes wieder, ihres Erdensockels voller Spuren, Gebeine, Schichten und Substanzen.

Sie, die Immaterielle, Erscheinung mit dem Leib aus Raunen und Tränen, machte, daß ein jedes Ding in aller Fülle seiner Materie, seiner Substanz sich entfaltete. Die Wörter, die Namen erwiesen sich als lebendige Substanzen.

Alles pulsierte und wurde greifbar, wo sie ging: die Namen und Blicke, die Stimmen und Gebärden der Abwesenden und der Toten sogar. Das Wort Gesicht erhob sich wie ein zarter Mond und so nahe, daß man es mit den Fingerspitzen berühren konnte, daß seine Hautkörnung und das Blau der Adern unter der Haut zu ahnen waren. Das Wort Gesicht streckte sich, allen und jedem ausgeliefert, wie eine Bettlerhand aus. Das Wort Gesicht wurde winzig und unendlich verwundbar wie eine Eintagsfliege, und gleichzeitig dehnte es sich zu Dimensionen eines grenzenlosen Horizonts. Eines Horizontes, wo alles möglich ist. Und abwechselnd durchliefen diesen weiten Horizont die Finsternisse der Nacht und die Tageshellen.

Ein Horizont, wo alles sein kann: die Wasser der Sintflut, die Flammen von Sodom und Gomorrha, die

Wüste der Verbannung wie auch das Wasser einer reinigenden Quelle, die Flamme einer Tonlampe, die Wüste, wo eine Stimme sich naht.

Ein Horizont, wo alles erscheinen kann – sogar der Engel ohne Namen, weil sein Name Wunder ist.

Ein Horizont auch, wo alles ausgelöscht werden und ins Nichts kentern kann, sogar der so benannte und so heruntergekommene Mensch, weil er seinesgleichen zuviel Hohn, Verrat und Mord angetan hat. Obwohl es doch ein einziges Menschengeschlecht ist auf der ganzen Erde.

Das Wort Kind erklang mit solcher Gerechtigkeit, daß alle Lüge, alle Gewalt und alle Feigheit, durch welche man die mit diesem Wort bezeichnete Wirklichkeit massenhaft besudelt, auf einen Schlag angeklagt waren; die Unzahl der an Kindern begangenen Verbrechen stand da im grellsten Licht.

Hell und sehr hoch erklang das Wort Kind. Es forderte Gerechtigkeit. Es verlangte, was ihm gebührt: Respekt, Schamgefühl und sorgende Liebe für den künftigen Erwachsenen, den Erwachsenen in seinem langsamen und so bedrohten Werden. Es entschuldigte nichts, was ihm zugefügt wurde.

Das Wort Liebende erklang sehr rein, zugleich lebhaft und ernst. Es verlangte Hingabe, Teilen und Austausch. In ihm verherrlichte sich der Körper und jauchzte das Fleisch.

Und das Wort Wind rief alle Winde zusammen, von der leisesten Brise bis zur grimmigsten Böe. Das Wort

Wind entriß sich dem Meer, zerklüftete den Himmel, schlug die Erde. Und nicht nur Blätter, Zweige, Wolken und Vögel trug es mit sich, auch Farben, Gerüche, Stimmen. Es verursachte Herzklopfen, schärfte die Sinne. Es raffte an sich auch Herzschlag, Blicke, Lächeln und Tränen der Lebenden wie der Toten; scheuchte sie aus dem Vergessen, jagte sie aus der Erstarrung, trieb, schleuderte sie an den Bug der Gegenwart. Es rief sie zum vollen Da-Sein, rief zum Erinnern, zur hellsten Wachheit. Es schäumte den Ort, den es durcheilte, mit Kraft und Klarheit. Peitschte den Augenblick, die Materie, das Sichtbare, daß sie funkelnd sich aufrichteten und das Wirkliche seinen Gipfel erklomm, überschauert mit Imaginärem, mit Träumen durchschmolzen.

Das Wort Wind versammelte alle Worte, blies Leben in sie. Es fauchte in der Tinte.

Und das Wort Gott – wo war es? Wurde es gesprochen?

Die Schritte der Riesin machten, daß das Schweigen, das in dem Wort ist, hallte, machten, daß die Abwesenheit, die seine Buchstaben bekunden, tönte und leuchtete.

Das Wort Gott hat den Klang eines leeren Grabes, über das man sich beugt; die Leere schickt uns das Echo unseres Rufens zurück. Und das Echo kommt von weit, bricht sich an jeder Zacke der Windrose, läuft hin und her über die ganze Erde, erfährt durch jedes Gesicht, jeden lebendigen Körper, den es erreicht, neue Modulationen.

Dies Echo kommt nicht von uns, auch wenn der Ruf

von uns ausging. Es rührt immer anderswoher – und nach jenem Anderswo lädt es uns ein. Denn lange vor unserem Ruf, vor der Erde sogar, vor der großen Nacht der Welt war die Stimme Gottes. Wir meinen als erste gerufen zu haben, in Wahrheit ist unser Rufen immer sekundär. Deshalb ist der Name Gott das leerste Wort überhaupt und vermag nie den Sinn, den es zu bezeichnen wagt, zu umfassen. Der Sinn entzieht sich dem Wort, übersteigt es allseitig. Es ist, als errichtete man gegen das Meer einen Wall aus Bronze; wenn bei Flut das Meer dagegenbrandet, würde man, auf den tönenden Wall weisend, sagen: »Der dumpfe Klang da ist das Meer.« Und man wüßte nichts von der Unermeßlichkeit der Wasser, von ihrer Herrlichkeit, ihren Tiefseegräben, ihrer Dünung und ihrem feinen Gischt, von ihren Farben, Reflexen, Gerüchen, ihrem Glitzern und ihren Finsternissen. Nichts wüßte man von ihrem durstig machenden Salzgeschmack, vom Wind der Weiten, der über unsere Haut bläst und uns Augen, Herz und Denken behext. Nichts wüßte man von dem Zaubergesang, der aus den Meerestiefen steigt, von der Schönheit der Ferne und dem unstillbaren Sehnen, nach jener Ferne zu fahren.

Das Wort Gott ist eine eherne Planke über bodenlosem Abgrund, eine Tür zwischen der Ewigkeit und uns, zwischen dem Unendlichen und uns. Zwischen der höchsten Liebesfreude und uns.

Die Riesin wandert zwischen beiden Räumen, beiden Zeitlichkeiten, und deshalb hinkt sie. Und sie hinkt immer mehr, weil sie die erdrückende Last der Verbrechen und Leiden, des Bösen und des Unglücks nie im Gleichgewicht halten kann mit der göttlichen Barmherzigkeit ohne Maßen.

Sie ist hinausgegangen aus dem Buch, unvollendet liegt es und brach. Sie ist anderswo, in anderer Gestalt.

Die immaterielle Riesin, aus der Brechung der göttlichen Barmherzigkeit in den Tränen der Menschen geboren, hat das Buch verlassen, weil es daran scheitert, diese Barmherzigkeit ganz zu sagen.

Kein Buch, wie es sich gehört, nur ein Widerkäuen von Rufen und Echos. Hinkendes Schreiben, Gestammel. Ein Tintenweinen. Eine Erwartung.

Alles bleibt noch zu sagen, alles bleibt noch zu tun. Neu zu schreiben. Oder es bleibt vielmehr alles zu lesen – denn die anderen, die Lebenden und die Toten, bilden ja das Buch, jedes Buch.

Alles bleibt durch die Tränen aus ihren Augen zu lesen. Durch das Prisma des Mitleidens. Mitleiden, das auch, das vor allem Stolz auf die anderen und Forderung nach Würde ist.

Alles bleibt durch ihre reinen, durchsichtigen Bettlertränen zu lesen; auch der Tod, der mit jeder Sekunde näher kommt.

Oder ist es der Tod, der uns schon ansieht mit ihren tränenschimmernden Augen?

Dann heißt es einwilligen, wenn unser Tod kommt – dann ist es hohe Zeit, die letzte Einladung des Engels, die wir unser ganzes Leben geflohen und abgewiesen haben, zu bejahen. Dann ist es Zeit, uns in Entsagung, Liebe und Demut zu beugen und zu sagen: »Hier bin ich.«

»Hier bin ich.« Das Wort des Übertritts, des Schrittes ins Jenseits. Das Wort vor dem Richter.

Nie hat die hinkende Riesin mit dem Tränenleib anderes gesagt, auch nicht, als sie verschwand.

Hier ist sie. Und das fragmentarische Buch bricht ab. Sie geht vorüber. Schon ist sie an einem anderen Ort. Wo?

Das ist unwichtig. In den geheimnisvollen Geographien der Erwartung, des liebenden Träumens und Wünschens über die Selbstentsagung hinaus sind das Anderswo und das Hier derselbe Ort.

Sie hat das Buch verlassen; von nun an keine Seite mehr für sie. Die Tinte verblaßt bis zur Durchsichtigkeit. Aber sie ist immer da, die Weinende in den Straßen von Prag und auf allen Wegen der Welt.

Hier ist sie.

Inhalt

ISBN 3-351-02274-3

1. Auflage 1994

Einbandgestaltung Ute Henkel
Typographie Peter Friederici
Schrift 11,5/14p Berling
Gesamtherstellung Clausen & Bosse GmbH, Leck
Printed in Germany